养花
如此简单

◎ 徐晔春　宗绪璞/编著

海峡出版发行集团
THE STRAITS PUBLISHING & DISTRIBUTING GROUP ｜ 福建科学技术出版社
FUJIAN SCIENCE & TECHNOLOGY PUBLISHING HOUSE

图书在版编目（CIP）数据

养花如此简单/徐晔春，宗绪璞编著．—福州：
福建科学技术出版社，2010.4
ISBN 978-7-5335-3552-0

Ⅰ．①养… Ⅱ．①徐…②宗… Ⅲ．①花卉—观赏园
艺—图解 Ⅳ．①S68-64

中国版本图书馆 CIP 数据核字（2010）第 026701 号

书　　名	养花如此简单
编　　著	徐晔春　宗绪璞
出版发行	海峡出版发行集团
	福建科学技术出版社
社　　址	福州市东水路 76 号，邮编 350001
网　　址	www. fjstp. com
经　　销	福建新华发行（集团）有限责任公司
排　　版	福建科学技术出版社排版室
印　　刷	福州华悦印务有限公司
开　　本	700 毫米×1000 毫米　1/16
印　　张	5
字　　数	92 千字
版　　次	2010 年 4 月第 1 版
印　　次	2010 年 4 月第 1 次印刷
书　　号	ISBN 978-7-5335-3552-0
定　　价	13.50 元

书中如有印装质量问题，可直接向本社调换

前言
Foreword

你是爱花达人吗？如果是，说起花儿，你一定眼睛发亮，满面春风，你会说没有花的生活简直让人难以想像。可不是嘛！花儿给我们带来的好处实在太多了，扮靓居室、净化空气，使人亲近自然、感悟生命，甚至有怡心怡情、修身养性的效用。另外，适量的体力劳动也有益于健康。

爱花人都希望能养好花，只是养花过程中可能遇到的麻烦和问题也不少。不同的花儿要怎么配不同的基质？怎么选用不同的花盆？花肥啥时候施又要如何施？种子为什么老也不发芽？虫虫凶猛来袭，花儿们又怎么才能逃过劫难？等等。遇到这些困难时，只怕爱花的你也忍不住要"望花兴叹"——想说爱你不容易！

别着急，花儿成长的烦恼在本书中都将一一解决。本书系统介绍了家庭花卉栽培所需的基本技术常识，又精心选择了百余种常见的家庭栽培植物，用通俗易懂的语言详细介绍了它们的科属类别、基本形态特征和习性、栽培养护、常见病虫害的防治办法等，内容实用，图文并茂。仔细阅读过本书后，相信你会笑呵呵地说：养花如此简单！

书中难免有疏漏之处，敬请读者批评指正。

编 者

目　录

一、养花基础知识

1. 花卉分类→

花卉一般可以按生物学特性分类。这种分类方法以花卉的性状为分类依据，不受地区及自然环境条件的限制。

(1)**草本花卉**：木质部不发达，或仅基部木质化，茎多汁柔软，可分为一年生草本、二年生草本、宿根花卉、多年生常绿草本、球根花卉、水生花卉、兰科花卉、蕨类植物、多浆植物等。

(2)**木本花卉**：木质部发达，茎高度木质化且坚硬，多年生，可分为亚灌木、灌木、乔木等。

(3)**藤本花卉**：主茎细长而柔软，自身不能直立，匍匐于地面或能以他物为支撑攀援向上生长的植物统称为藤本植物，如紫藤、金杯藤、木玫瑰等。一些幼株呈灌木状，成株能借助他物向上攀援生长的也归为藤本花卉，如大花黄蝉、叶子花等。

木本花卉扶桑　　草本花卉旱金莲　　草本花卉花菱草

藤本花卉紫藤　　木本花卉栀子　　藤本花卉软枝黄蝉

2. 常用的工具 →

(1)**喷壶与浇水壶**：喷壶可用于小苗、育苗、扦插等浇水，也可用于清洗叶面。市售的喷壶有大号、中号、小号，可根据情况选用。浇水壶可直接用于灌木及较大植物的浇水，也可与喷壶合二为一，安上喷头当喷水壶使用。

(2)**花铲**：用于移植、松土、铲除杂草等。

(3)**枝剪**：用于木本花卉修剪、扦插繁殖。

(4)**剪刀**：用于草本花卉修剪、整形、扦插繁殖。

(5)**嫁接刀**：用于嫁接。常见的有劈接刀、切接刀和芽接刀三种。

(6)**喷雾器**：用于病虫害防治时喷洒农药、冲洗叶片、喷雾保湿使用。

(7)**小耙与小叉**：用于松土及翻土。

(8)**小镐**：用于松土。

喷雾器　　　　浇水壶

枝剪与剪刀　　　　耙与镐

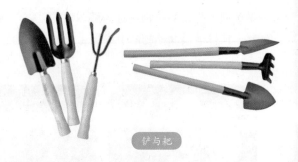

铲与耙

3. 常用的花盆 →

(1)**泥盆**：排水透气性好，但质地较差，易碎。泥盆适合生产栽培使用，家庭使用观赏性较差，较少使用。

(2)**紫砂盆**：外形美观，质地良

泥盆　　　　紫砂盆

瓷盆　　　　陶盆

水盆　　　　塑料盆

玻璃盆　　　柳编盆

好，但排水性能较差，有微弱的透气性，多用来养护室内名贵的花卉。

(3)瓷盆：外形美观，观赏性好，但排水、通气性较差。

(4)陶盆：用陶泥烧制而成，造型古朴，具有一定的通气性。

(5)木盆：通气、透水性好，造型多为方形或圆形。

(6)塑料盆：色彩丰富，造型多变，而且价格便宜，是应用最多的花盆，但通透性差，易老化。

(7)玻璃盆：造型各异，多用于水培花卉。玻璃花盆美观、耐用，但价格较贵。

(8)柳编盆：造型较多，美观，多用于制作花篮。

4. 常用的基质 ——

基质是花卉生长的基础。不同的花卉对基质的要求不同，因此需根据不同的花卉配制其所需的营养土，以满足其生长的需求。

(1)园土：是耕地表层熟化的土壤，土质较肥沃，以菜园土为佳。园土干后易板结，一般不单独使用。

(2)泥炭土：为古代沼泽植物埋藏地下分解不完全而形成的，排水性和透气性良好，保水能力强，是花卉栽培常用的基质。

(3)腐叶土：由落叶、杂草及菜叶等与土壤分层堆积1～2年腐熟发酵而成，含丰富的有机质，呈弱酸性。山中自然

园土　　　　泥炭土

腐叶土　　　塘泥

形成的腐叶土常称为山泥，多用于栽培喜酸性土壤的花卉。

(4)**塘泥**：为池塘或湖泊中的沉积土，有机质含量高。应晒干打碎后使用，可单独使用，也可与其他基质混合使用。

(5)**河沙**：质地纯净，通气、透水性好，不含肥力，无病菌，常用于调制培养土，也常用于扦插繁殖，是栽培多肉植物的重要配料之一。

(6)**木炭块**：质轻，是木材经高温烧制而成，无病菌，常用于栽培附生兰。

(7)**石块**：质重，排水性好，常用于栽培附生兰。

(8)**陶粒**：是经黏土、粉煤灰、页岩、煤矸石等高温烧制而成，规格有多种，常用于栽培附生植物或水培。

(9)**树皮块**：规格有多种，质量参差不齐，排水性好，有一定的保水保肥作用，常用于栽培兰花。

(10)**兰石**：也叫浮石，是由火山喷发所形成的，孔隙大，排水性、保水性、保肥性均较好，常用于栽培兰花和多肉植物。

另外常用的基质还有水苔、珍珠岩、蛭石、砻糠灰、炉灰渣、椰糠、木屑、蕨根等，各地可根据情况就地取材，用于配制花卉所需的营养土。

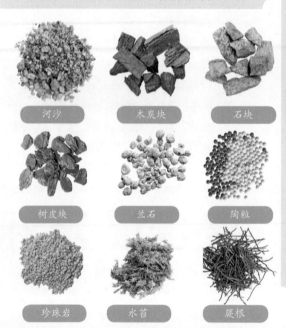

河沙	木炭块	石块
树皮块	兰石	陶粒
珍珠岩	水苔	蕨根

5.上盆、换盆、翻盆与转盆

(1)**上盆**：在盆花栽培中，将花苗从育苗床或育苗盆及其他器皿中移栽到花盆中的过程称为上盆。

(2)**换盆**：花卉在花盆中生长一段时间后，盆中营养不足以满足其生长，要将花卉脱出换栽到较大的盆中的过程叫换盆。

(3)**翻盆**：花卉定型后，不再长大，但栽培一段时间后，土壤的理化性质变差，要将花木脱盆修剪根系后重新更换营养土，再栽回原盆或同样大小的花盆，这个过程叫翻盆。

(4)**转盆**：对于趋光性较强的花卉，要经常转动花盆的方位，以防花卉偏向生长，影响观赏性，如君子兰。

小苗　　　　　栽入花盆中　　　　　小盆口径130厘米　　　　　大盆口径230厘米

6.常用的肥料 ——→

肥料可改善土壤性质，提高土壤肥力，能提供一种至多种植物必需的营养元素，可分为无机肥料、有机肥料两大类。

常见的无机肥料有氮肥，如尿素、硫酸铵和硝酸铵等，可为植物提供速效氮；磷肥，如过磷酸钙及磷矿粉等，有助于花芽分化、强化植物的根系，并能增加植物的抗寒性；钾肥，如氯化钾和硫酸钾，可增强植物的抗逆性和抗病力；复合肥，种类较多，也是最常用的肥料之一，如磷酸二氢钾、俄罗斯复合肥、化多多、康普等。有些厂家根据不同花卉的特性，推出了一些花卉专用肥，如观叶植物专用肥、木本花卉专用肥、草本花卉专用肥、酸性土花卉专用肥、仙人掌类专用肥、兰花专用肥等，一般施用浓度1000～2000倍，可根据说明书使用。

常用的有机肥有饼肥类，是用麻酱渣、豆饼、花生饼、棉籽饼、菜籽饼沤制而成，含有大量的氮、磷、钾及微量元素，用罐或瓶沤制时不能绝对密封，因为沤制产生的气体可能将罐或瓶涨破，会发生危险，沤制时间2～3个月，依温度

磷酸二氢钾小包装　　　　　各种小包装肥料

奥妙肥　　　　　俄罗斯复合肥

古早肥　　　　　花多多20-20-20平衡肥

高低而定，施用时可将上面的清液对水20～30倍浇灌，清液取出后还可加水继续沤制；鸡鸭粪，是磷肥的重要来源，含氮量也较高，使用前也要堆沤，时间大约2个月；矾肥水，是用硫酸亚铁（黑矾）加有机肥及水配制而成，常用于酸性土花卉，可有效防止花卉叶片发生黄化现象，其配制方法：取水1千克、饼肥或蹄片50～100克、硫酸亚铁30～50克，将它们一起放入缸内，发酵1个月后取其上清液对水10倍后即可使用；蹄片类，动物的蹄角也属此类，含有氮、磷、钾等元素，可直接施放在盆土的下层或靠近花盆的边缘，肥效慢慢地释放，也可以用缸、罐等密封沤制成速效性的有机肥；动物内脏，可用堆制方法处理，在室外找一块空地，挖坑埋入土壤中，并加入一些杀虫剂，经几个月后即可成为高效的有机肥；骨粉肥，

含磷元素较高，最好与其他有机肥混合后沤制，一般多作基肥使用。

　　另外，在日常生活中也可收集沤制有机肥的原料，如残余的菜叶、霉烂的黄豆和花生、各种动物的骨头等均可沤制使用，而且肥效高，制法简单。

　　在沤制有机肥时，难免会散发出一些难闻的臭味，在沤肥容器内放几块橘子皮可减少臭味。

花多多20-10-20生长肥

腐熟鸡粪

有机磷钾肥

兰花小包装专用肥

有机液肥

7. 修剪 ——→

　　修剪是为了使花卉株形美观，枝条分布均匀，控制徒长，合理分配养分，促进开花。

　　(1)摘心：是将正在生长的花卉枝梢摘掉。木质化的顶梢可用枝剪剪除。主要是为了促发侧

枝，有利养分积累，使株形美观及开花量增加。如一品红、一串红摘心可促分枝，多开花，株形更美观。

　　(2)抹芽：是将花卉的腋芽、嫩枝或花蕾抹去，集中养分，使花繁叶茂。

　　(3)剪枝：可调整树姿，有利于通风透光，常将枯枝、病虫枝、纤细枝、平行枝、徒长枝、交叉枝、密生枝等剪掉。如灰莉需

一品红摘心　　　　抹芽

月季短剪　　　　垂筒花剪根

适当剪枝，如枝条过密，下部枝条常枯死，影响株形美观。

（4）短剪：是将枝条剪除一部分的修剪方法，可分为轻剪、中剪和重剪。轻剪，即剪去枝条的1/5~2/5；中剪，即剪去枝条的1/2；重剪，即剪去枝条的3/5~4/5。短剪可促进枝条萌发，生长旺盛。

（5）剪根：多在移植、换盆、翻盆时进行，剪除过长根、枯根、病虫根可促进新根萌发。

（6）摘叶：摘除枯叶、残叶、病叶及过密的叶片，可防止病虫害发生及利于通风透光。

一串红种子

8.家庭常用的繁殖方法

（1）播种繁殖：也就是实生苗繁殖，种子具有体积小、重量轻、产苗量大等特点，通过播种得到的苗株根系发达、寿命长、适应性强，但通过异花授粉的种子易发生变异，不易保持原品种的优良特性，有不同程度的变异和退化现象。

下面以一串红为例说明播种过程。

①营养土准备：营养土可选用田园土、腐叶土、珍珠岩，按2∶2∶1混合配制，最好选用市售的养花专用营养土。配制好后装盆，离盆沿3~4厘米。

②种子处理及播种：种子可用温

营养土装盆　　　　播种

覆土　　　　浸盆法浇水

水浸泡10个小时左右，捞出洗净黏液即可播种，也可以不用处理直接播种。播种时，种子应均匀撒播在苗床上，以利出苗管理。

③覆土：播后覆土，厚度为种子直径的2～3倍，如营养土疏松，可稍压实，让种子与营养土充分接触。

④浇水：可用浸盆法，直接将苗盆置于水盆中，水不宜过深，约为花盆的1/3深度即可，等土壤表层稍湿润即可取出；也可用细嘴喷壶浇水，水流不要太大，以防将种子冲出。

⑤管理：播后保持土壤湿润，并保持较高的温度，在25～30℃的环境下，约经1周即可出苗。

播种时对于一些发芽困难的种子，如鹤望兰、荷花等，可在浸种前用刀刻伤种皮或磨破种皮，以利出苗。对于君子兰、金银花等出苗非常缓慢的种子，在播种前应进行催芽。对于榆叶梅、海棠等休眠的种子，可采用低温层积处理，把种子分层埋入湿润的素沙里，放在0～7℃的环境下，层积时间一般在6个月左右；经层积处理后即可取出，筛去沙土，或直接播种，或催芽后再播。对于一些细小的种子，如大岩桐种子，播后可不覆土，但要注意覆薄膜保湿，以防营养土表面干燥，影响种子发芽。

(2)扦插繁殖：是用植物的营养器官如根、茎、叶插入基质中，使之生根，抽枝长成完整的植株。它的优点是繁殖材料充足、产苗量大、成苗快、开花早，并能保持原品种的优良特性，适于家庭采用。

扦插可分为草本扦插和木本扦插。草本扦插又可分为叶插、嫩枝扦插、叶芽插、根插，木本扦插分为嫩枝扦插和硬枝扦插。

下面以虎尾兰为例说明叶插的方法（注意：金边种扦插后金边消失，故最好用分株法）。

①基质可选用泥炭土、腐叶土或素沙，并装入浅盆中，土面离盆沿2～3厘米，基质以半湿润为佳。

②将生长健壮的虎尾兰叶片用利刀切下，并切成5～7厘米的小段作为插穗，置于荫蔽处放置1～2个小时，切口干燥后再进行扦插。注意插穗的方向，因虎尾兰中间宽两头细，切下后极易把方向搞反，反插不能生根。

③将虎尾兰插入基质中，不宜过深，插入1/3～1/2即可，插后不用浇水，置于荫蔽处。

④基质基本干透后浇1次透水，约1个月生根，幼株长出后即可上盆另栽。

扦插基质

插穗　　　　扦插于花盆中

(3)分生繁殖：植物营养繁殖方法之一，是将植株长出的幼植株体如萌蘖，与母株分离另行栽植而成为独立新植株的繁殖方法。分生繁殖是最简单、最可靠的繁殖方法，其成活率高，但产苗量少。因花卉的生物学特性不同，分生繁殖又可分为分株法和分球根法两种方式，前者多用于丛生性强的花灌木和萌蘖力强的多年生草花，后者则用于球根类花卉（分株法可参见卡特兰及吊兰）。

9.家庭使用杀虫杀菌剂注意事项 ——→

"是药三分毒。"家庭使用农药首先要注意安全，有小孩、孕妇等最好不要使用农药，如果使用，也应选用一些毒性小、残留期短的农药，防止农药对人体产生伤害。在喷施农药时，应将花卉搬出室外，过一两天后再搬回室内。

因各厂家的农药成分有所不同，应按说明书使用，施用时间最好选择晴天，有露水时不要施用，以免影响药效。

施药间隔7～10天，一般施用3次即可，且一种农药不宜连用，最好交替使用，以防产生抗药性。

使用农药时需对症下药，对于不认识的病虫害可拍照上传至园艺论坛，辨识清楚后施药。

家庭购买农药可到花卉市场选择小包装的，以免浪费。如常见的有气雾杀虫剂，杀虫剂一号、二号，杀菌剂有多菌灵、甲基托布津、可杀得等。

敌蚜虫

杀虫剂一号

杀虫剂二号

杀虫气雾剂

多菌灵

甲基托布津

可杀得

10.购买花木应注意的问题 ——→

很多养花爱好者都想购买一些花卉来美化家庭环境，有的人只凭自己的爱好及兴趣，不管什么花卉都想购买，期盼着花香满室，但往往适得其反，不久之后花卉就生长不良或死亡。因此在购花时应注意以下几点，以免失望。

(1)了解养花相关知识：对于一些刚入门的养花爱好者，最好购买一些养花的入门书籍，对花卉相关知识有一个简单的了解，以便在栽培时针对不同的花卉采用不同的养护方法。

(2)警惕地摊假货：在很多地方的大街上，有一些背着编织袋叫卖的小贩。他们出卖的花卉，均配上漂亮的图片，观赏性很强，但基本都是假货。往往没有经验的养花者会贪图便宜或受其虚假宣传而上当。

花市上经常见到把刚上盆的花木当作已"服盆"的花卉出售，如果将这类花木买回家后按正常管理，极易出现叶片黄化、脱落、甚至死亡。鉴别时，应看看有没有叶片黄化现象，看泥土是否过于新鲜。如是有这些现象，则可能是刚上盆不久，就不要购买。另外有些以次充好、以假乱真等情况，都要注意提防，建议多走几家，多对比，再购买。

(3)少买裸根苗和带土球苗：市场上常有裸根苗和带土球苗出售，这些苗木对于没有养花经验者来说很难正确判断苗木的好与坏。如裸根苗根系不新鲜、节间太长、芽体不饱满，不宜选购；带土球苗要选择土球稍大、土球不散的，可掰下小块土球看有没有新根，如根系发黑，说明已腐烂，则不能购买。另外，叶片萎蔫、黄化、有病斑的则不要购买。

(4)知其习性：市场上花木繁多，首先要了解花木的习性，再根据自己家庭的栽培环境进行选购。市场上有大量一次性花卉，开花后即丢弃，如果想长期养护，建议不要购买，如岭南地区春节常见的大花蕙兰、仙客来、金边瑞香等。另外一些花卉跨地区栽培，习性改变，很难养护，如北方常见的丁香、连翘、榆叶梅等，在南方部分地区生长困难；一些南方生产的花卉如米兰、茉莉、栀子等在北方只能在室内栽培，不能露天种植。

地摊假货（踏花行论坛土先生提供）

二、常见球根及宿根花卉

1. 水仙

水仙为石蒜科水仙属多年生草本，具鳞茎；伞形花序有花数朵，有时仅1朵，花被高脚碟状，副花冠长管状；蒴果；全属约60种，主要分布于地中海、中欧及亚洲，我国常见栽培的有水仙、洋水仙、红口水仙。

水仙类对栽培土质要求不高，疏松、排水良好即可。水仙在江浙一带可地栽观赏，在我国其他地方一般水培，花后即丢弃；洋水仙、红口水仙在北方可地栽，在南方多作为一次性花卉栽培，花后即丢弃。

水仙一般水培，广州可在观花前22天入水，长江流域及东北地区可在观花前35天、45天入水。

水中加入适量水仙矮壮素，可有效防止水仙徒长，用量按说明书使用。

水仙有毒，切忌误食。因水仙含水仙碱，误食可导致痉挛、瞳孔放大等，每次操作后要将手洗净，不要将水仙放到小孩能接触到的地方。

水仙

洋水仙

红口水仙

　　洋水仙和红口水仙多地栽或盆栽，极少用水培。花友可直接购买已低温处理过的种球，每盆栽植3～5个种球。可用市售的营养土栽培，植后需用营养土全部盖住种球，并保持土壤湿润。生根期最好维持8～10℃的低温2周，生根后正常管理，生长期的温度不要超过18℃。如果作为一次性花卉养护，不用施肥；如北方作多年生栽培，可半月施1次平衡肥，并于花后剪除花梗，以防止结实消耗养分，还可增施磷、钾肥以促种球复壮。

市场购买的水仙种球　　　　剥掉外皮

割开鳞茎皮　　　　　　　　　　　　水培

　　水仙水培处理方法如下：

　　①将市购包裹水仙的泥巴去掉，并将褐色干皮及底部残根剔除，但不要伤到还没有长出的新根。

　　②用刀将靠近芽上部的外部鳞茎皮割开，使花芽外露，以防夹箭。切割时不要伤到花芽及叶。

　　③把水仙放到水中浸泡一天，将浸出的黏液洗净，然后将水仙置于装清水的花盆中培养，加水至鳞茎的1/3处即可。1～2天换水1次，并放在阳光充足的地方，防止叶片、花箭徒长而折断，影响观赏。

洋水仙种球

	水仙	洋水仙	红口水仙
花期	春季	春季	春季
光照	全日照	全日照	全日照
生长适温	12～15℃	12～18℃	12～18℃
水分	喜湿润	喜湿润	喜湿润
肥料	极少	一般	一般
土壤	多水培	喜疏松壤土	喜疏松壤土

2.郁金香、葡萄风信子、风信子、番红花

郁金香为百合科郁金香属、葡萄风信子和风信子为百合科风信子属、番红花为鸢尾科番红花属，均为秋植球根多年生草本。性喜光照、喜冷凉，在酷热的南方难以越夏。在我国南方均作一次性花卉栽培，北方可作多年生花卉栽培观赏。

它们对栽培土壤有较高要求，一般用市售的营养土，也可用腐叶土或泥炭土加少量河沙自行配制。球根购买回来后，将外面变褐色的外皮剥掉，用多菌灵800倍液或甲基托布津1000倍液或高锰酸钾1000倍液，消毒30～60分钟后取出，并用清水冲洗，晾干后即可植于盆中。

番红花种球

番红花小苗

番红花种球种入花盆

覆土并浇水

番红花开花

下面以番红花为例说明栽培过程。

①将购买的番红花种球取出，可剥掉褐色的外皮，也可不剥。最好将种球消毒。

②将种球先植于花盆中，可根据盆的大小决定种植数量，宜密植。

③覆土，并浇透水保湿。

④约经30天，芽高可达5厘米以上，再经50天左右即可开花。

	郁金香	葡萄风信子	风信子	番红花
花期	3～5月	3～4月	3～4月	2～3月
光照	全日照	全日照	全日照	全日照
生长适温	18～22℃	15～22℃	15～20℃	15～20℃
水分	喜湿润	喜湿润	喜湿润	喜湿润
肥料	极少	一般	极少	极少
土壤	喜疏松壤土	喜疏松壤土	喜疏松壤土，可水培	喜疏松壤土

栽培时，可根据情况选用不同口径的花盆，一般口径12厘米的花盆可栽种郁金香2~3个、葡萄风信子3~5个、风信子1个、番红花5个。风信子的球茎需露出土面，其他则用营养土盖住鳞茎。

种植后，浇1次透水，保持土壤湿润，土壤表面干后及时补水。番红花喜光，栽培时应置于阳光充足的地方，若过于荫蔽，枝叶、花梗易徒长。如果南方作一次性花卉栽培，不用施肥；北方作多年生花卉栽培，叶片长出后即可施1次1200倍稀薄的复合肥，半个月施肥1次，开花后停止施肥。花谢后，等叶片枯萎后将球茎挖出贮藏于通风、干燥的地方。植株开花后移到半阴处，有利于延长花期。

风信子

郁金香

3. 杂交百合、卷丹百合、铁炮百合、兰州百合

它们均为百合科百合属多年生球根花卉。杂交百合为多个百合属植物反复杂交而成，如亚洲杂交百合系、东方杂交百合系，花大色艳，花色繁多，是目前栽培的主流品种，购买的这类种球大都经过低温处理，栽培后即可开花；卷丹百合为我国北方常见的庭院花卉；铁炮百合南北均可栽培，花大、洁白芳香；兰州百合为著名的食用百合，也可盆栽观赏。

杂交百合

百合大部分喜冷凉气候，有些种类如铁炮百合、杂交百合在南方也可正常生长。盆栽需肥沃、排水良好的沙质壤土，每盆栽种3~5个。刚种植时，宜维持低温，等新芽长出后移到阳光下栽培，并将温度提高到15℃左右，温度过高或过低均可能出现"盲花"。在生长期间，保持土壤湿润。新芽发出后可施薄肥，不要过浓，以后半个月施肥1次，以复合肥为主。百合一般经12~16周即可开花，花后控制浇水，土壤稍干燥有利于鳞茎发育。

兰州百合

百合常有花叶病、茎腐病、炭疽病危害，需注意防治。

铁炮百合脱盆

分离球茎

剪根并拔掉花葶

下面以铁炮百合为例说明分株过程。

①铁炮百合的自然花期5～6月，花谢后将残花剪掉，培养壮球，花后6～8周地上部分枯萎。脱盆可选择秋季进行。

②仔细将球茎分离，尽量不要伤到根系。

③将枯萎的花葶轻轻拔掉，并将过长的根系剪掉，稍晾晒后分级上盆。

从菜市场购回
的兰州百合

剥掉已脱
落的鳞片

上盆

下面以兰州百合为例说明栽培过程。

①从菜市场购回食用的兰州百合备用。

②将球茎取出，并将外面的鳞片剥掉。

③上盆，可根据盆的大小，每盆栽3～5个，可密植。

④覆土，并浇透水。从播种至开花需60～80天。

覆土　　　　出苗生长

	杂交百合	铁炮百合	兰州百合	卷丹百合
花期	3～5月	3～4月	5～7月	夏季
光照	全日照	全日照	全日照	全日照
生长适温	20～25℃	15～25℃	15～20℃	16～26℃
水分	喜湿润	喜湿润	喜湿润	喜湿润，耐旱
肥料	一般	一般	一般	极少
土壤	喜疏松壤土	喜疏松壤土	喜疏松壤土	喜疏松壤土

4.垂筒花

垂筒花花姿优雅，具有甜香味，是花友极力追捧的观赏球根花卉。适合盆栽，也可植于庭院观赏，还可用于切花。

垂筒花为石蒜科垂筒花属多年生常绿球根植物，株高20~30厘米，开花后株高约40厘米，地下鳞茎球形；叶线形，绿色；花自地下鳞茎抽生而出，细长，呈长筒状，略低垂，每个花箭着花8朵左右，有白、橙、黄、粉等色。

垂筒花是垂筒花属极易栽培的品种，可在热带、亚热带、温带地区栽培，我国的台湾、华南、华东已有栽培。喜光照，夏季中午强光时需遮阴，上午、下午全光照，过阴叶片易软垂，春、秋、冬季可全光照。垂筒花喜湿润，除冬季外，土壤应保持湿润，不可缺水，冬季可稍干燥。垂筒花对基质有一定要求，喜肥沃、排水良好的沙质土壤，可选用泥炭土（或腐叶土）、河沙、有机肥混合配制。不要用较黏重的土壤或贫瘠的土壤栽培，以防排水不良影响鳞茎发育及生长。仔球形成极快，可种植成大盆，花开后极为壮观。球茎一般可生长5年左右，待植株开花减少或开花品质下降后，于春季换盆更新。繁殖采用分球和播种法，分球宜在春季进行。春季播种，基质可选用泥炭土或腐叶土，基质不可过粗。播后上面覆盖厚3~4毫米的较细的基质，并用细嘴喷水壶浇透水或用浸水法浇水，4周后即可发芽，3年可开花。

待分株的垂筒花　　脱盆

球茎分离　　　剪根剪叶

上盆

垂筒花分株步骤如下：

①将植株从花盆中脱出。

②将球茎小心分开，尽量不要伤到球根及根系。

③分开后将过老的球茎淘汰，把过长的根系剪掉，将病虫根和腐烂根剔除，并剪掉过长的叶片。

④上盆时每盆5~8球（可根据花盆大小增减），并浇1次透水，置于荫蔽处养护，等新根长出后再正常养护。

	垂筒花
花期	冬季
光照	全日照
生长适温	15～25℃
水分	喜湿润
肥料	一般
土壤	喜疏松壤土

垂筒花

5. 朱顶红、白肋朱顶红

朱顶红在我国栽培极为广泛，全国各地均有，又名红花莲、华胄兰、对红，为多年生球根植物；叶6～8枚，带形；花茎中空，稍扁；花2～4朵，花被裂片长圆形，先端尖，洋红色或红色；目前栽培很多的都是杂交朱顶红，花色丰富，有单瓣和重瓣，另外栽培的变种有白肋朱顶红。

朱顶红

人们常把朱顶红误认为孤挺花。其实孤挺花是孤挺花属多年生球根植物，而朱顶红为朱顶红属多年生球根植物，目前两属在国际上使用也比较混乱。朱顶红花茎中空，分布于美洲；孤挺花花茎中实，分布于非洲南部。虽然有人主张合并，但因两者分布地和花茎均有本质区别，还是单列为宜。

朱顶红

朱顶红习性强健，可在-10℃以上地区露地越冬，一般长江中下游以南地区均可露地栽培，北方地区盆栽。朱顶红球根购回后，先将枯萎的根系除掉，露出的洁白的肉质根保留，同时将枯萎的鳞茎皮去掉。栽培土壤可选择市售的营养土，也可用腐叶土或泥炭土加少量珍珠岩混合配制成营养土，基质以微酸性为佳。种植盆常用口径160厘米或180厘米的花盆，每盆种植一株。上盆时可将种球露出

白肋朱顶红

土面1/2或1/3，如为了多发种球，可适当深植。朱顶红对肥料要求不高，因其鳞茎贮藏了大量养分，即使不施肥也可开花。如果保留种球繁殖，在生长期可施用一些复合肥，花后剪除花茎，并追施氮肥，入秋后增施磷、钾肥，促进球根充实。对水分要求不高，基质不宜过湿。

朱顶红生产量最多的国家为荷兰，比利时、法国、西班牙等也有生产。目前从欧洲等地引进的优良杂交种，如单瓣种的桑河、柠檬、凤蝶，重瓣种的火焰孔雀、承诺、罗马双城等，已进入我国寻常百姓家。

朱顶红花大色艳，是极优良的球根花卉，即可盆栽，也可用于园林绿化，国外优良品种可通过花卉论坛团购或从花市购买获得优良种球。

去外皮　　　　消毒

上盆　　　　　发芽

抽出花芽

	朱顶红	白肋朱顶红
花期	春季	初秋
光照	全日照	全日照
生长适温	20～25℃	20～25℃
水分	喜湿润，耐旱	喜湿润，耐旱
肥料	极少	极少
土壤	喜疏松壤土	喜疏松壤土

朱顶红种球的消毒方法如下：

①将种球的枯萎根系和干枯的鳞茎皮去除。

②将种球置于多菌灵、百菌清或甲基托布津1000倍液中5分钟，然后用清水冲洗，阴干备用。

6. 仙客来、大岩桐

仙 客来为报春花科仙客来属多年生球根，又名萝卜海棠、兔耳花、一品冠；球茎扁球形，叶多数，心脏形，上有斑纹，边缘具齿；花单生，花瓣向上翻卷，花色繁多，单瓣或重瓣；果球形；目前栽培的品种较多，如国旗红、香波、宝藏、火焰、白眼等。

大岩桐为苦苣苔科大岩桐属多年生球根花卉，全株密被绒毛；叶对生，肥厚；花顶生或腋生，花冠钟状，有粉红、红、紫蓝、白及复色，单瓣或重瓣；常见的品种有瑞士、芝加哥、巨早、锦缎等。

仙客来和大岩桐主要以播种繁殖为主。仙客来多秋播，种子较大，可采用点播法或撒播法，播后约经40天出苗，小苗易"戴帽"出土，播种时覆土稍厚并保持土壤湿润，可减少"戴帽"出土现象，从播种至开花约15个月左右；大岩桐采用撒播法，种子细小，可掺些细沙混播，这样播种均匀，播后不覆土，苗盆上覆盖薄膜保湿，并定时通风，2周左右出苗，出苗后撤除薄膜，从播种至开花需5～6个月。

仙客来喜凉爽气候，不耐酷热，夏季温度达到30℃以上时，球茎休眠，成株叶子全部脱落，这时需保持土壤稍润，并置于通风的地方，以利越夏。仙客来喜光，中午光照强烈时需遮阴，光线不足时叶子易

大岩桐

大岩桐

仙客来

仙客来

徒长，开花不良。经过越夏的球茎到9月份天气冷凉时，即将萌发，这时可换盆，土壤选择疏松、肥沃的壤土。换盆时，忌土壤盖住球茎，须露出1/3，以防叶芽埋于土中，导致腐烂。仙客来喜肥，1～2周施1次20-20-20（即氮、磷、钾配比为20：20：20）的通用型复合肥，花期可改施15-20-25的开花专用肥，并保持土壤湿润，如施用腐熟的有机肥，忌施于叶片、叶芽及花芽上。养护时，需置于通风及光线充足的地方，以防徒长和病虫害发生。

大岩桐较仙客来耐热，休眠期在冬季，浇水、施肥时不要淋到叶片上，叶片有绒毛，易腐烂，如有烂叶，需及时摘除。其他管理与仙客来相似。

	仙客来	大岩桐
花期	夏季	冬季
光照	半日照	半日照
生长适温	15～22℃	20～30℃
水分	喜湿润	喜湿润
肥料	喜肥	喜肥
土壤	喜疏松壤土	喜疏松壤土

7. 小苍兰

小苍兰又名香雪兰、小菖兰、菖兰、菖蒲兰，为鸢尾科香雪兰属多年生球根植物。香雪兰属植物全世界约有20种，主要分布于非洲南部，我国常见栽培一种，即小苍兰。其球茎狭卵形或卵圆形，叶剑形或条形，略弯；花茎直立，花淡黄色或黄绿色，具香味，喇叭形；花期3~5月；目前栽培的小苍兰多为栽培种，花色繁多，有黄、白、红、粉、雪青、紫等色，单瓣或重瓣；栽培的品种有墨秋利、河流、雪河、圣地亚哥、蜜月、火神河等。

小苍兰繁殖多采用分球法，花谢后天气逐渐炎热，地上部分枯死，这时可将盆土倒出，将球茎拣出，并按大小分级，一般1厘米以上的球茎第二年均可开花，小球茎需栽培1~2年后才能开花。分好级的仔球可放入信封或网袋中置于通风阴凉处。

等9~10月天气冷凉时栽入花盆中，岭南地区在10~12月也可栽培。栽培土壤可选用市售的营养土或用泥炭土、腐叶土加少量基肥及珍珠岩等混合配制，忌用黏重土壤，以防生长不良。可根据盆的大小决定种植球茎的数量，一般口径120厘米的花盆可种植10球左右，植后覆土厚度为球茎直径的1~2倍，并浇1次透水保湿。种植后约经10天发芽。小苍兰茎柔弱，易倒伏，在株高15厘米时可用铁线、细竹竿搭设支架。

小苍兰喜光，光照不足生长不良，室内养护可置于阳台、窗台等光线充足处，短日照条件下有利于花芽分化，可增加花朵数。对水分要求不高，土壤稍

小苍兰

小苍兰

小苍兰

小苍兰

湿润即可，长期过湿，茎叶徒长，易倒伏。对肥料要求不高，生长期施肥3次即可，初期可选用20-20-20的通用型复合肥，等花芽分化时，可追施1～2次15-20-25的开花肥。

植后约100天即可开花，花谢后，将花梗剪除，以防消耗养分，有利于球茎积累，促其膨大。花期过后，控制水分，等5月份地上部分干枯后将球起出。

小苍兰为优良的大众花卉，易栽培，芳香馥郁，花姿清雅，可盆栽用于厅堂点缀，也可用于切花瓶插装饰餐桌、案几等。

小苍兰	
花期	3～5月
光照	全日照
生长适温	15～20℃
水分	喜湿润
肥料	一般
土壤	喜疏松壤土

8. 菊花

菊花为多年生宿根草本，叶互生，卵形，羽状浅裂至深裂，品种不同，叶形稍有差异；头状花序单生或数朵聚生于茎顶；花大小不一，2～30厘米，中间为管状花，多为黄绿色，边缘为舌状花，色泽丰富，有黄、白、红、雪青、紫、棕、淡绿及复色等。

菊花品种繁多，全世界有2万多种，按栽培方式可分为独本菊，一株一花；立菊，一株数花；大立菊，一株着花数百到千朵以上；悬崖菊，悬垂生长，开花繁密；案头菊，株型小，单花，花大；切花菊，株型较高，用于花艺。按瓣形可分为平瓣、匙瓣、管瓣、桂瓣及

菊花盆栽

菊花盆栽

菊花

菊花

菊花

菊花庭院栽培

畸瓣花等。按花期可分为春菊、夏菊、早秋菊、秋菊及寒菊等。

下面以家庭常用的盆栽菊为例，说明养护方法。

家庭繁殖常采用分株法和扦插法。分株多于清明节前后进行，选择健壮、无病虫害的母株，从花盆脱出后，将宿土去掉，依照根生长的自然形态用利刀分开，另行上盆即可。

扦插基质

插穗

扦插上盆

扦插一般在春季进行，方法如下：

①扦插基质可选用泥炭土或粗沙，也可用消过毒的腐叶土。

②选择生长健壮、无病虫害的插穗，剪成8~10厘米长。

③用木棍在基质上打孔，将插穗插入小孔中，深度为插穗的1/2~2/3。

④浇透水保湿，一般2~3周生根。

栽培基质可选择泥炭土、腐叶土或塘泥等，上盆时不必填满盆土，约占盆高的2/3即可，随着植株不断长大逐渐填满盆土；对水要求较高，喜湿忌涝，干旱期需多浇水，并向植株喷雾保湿，雨季要注意排水，防水涝；生长期可选用通用型复合肥，10天左右施肥1次，浓度不超过1000倍为宜，夏末开始浇施开花肥，促进花芽分化和茎秆粗壮，有利于开花；当小苗长4~5片叶时，可摘心促其分枝，腋芽长2~3片叶时再次摘心，如不想留过多的花枝，可将多余的摘除。待现蕾时，每枝选留一个生长健壮的花蕾，其余打掉，这样可集中供应养分，使顶蕾花大色艳。如植株长势过高，易倒伏，可用竹竿固定。

菊花品种繁多，姿态万千，多于金秋开放，深为广大群众所喜爱，是我国重要的室内盆栽花卉和庭院花卉，也常用于园林景观及切花。

	菊花
花期	多在9~12月，也有春、夏、冬季开花
光照	全日照
生长适温	18~25℃
水分	喜湿润
肥料	喜肥
土壤	喜疏松壤土

三、常见一二年生草本花卉

1. 三色堇、香堇菜

　　三色堇又名猫脸，为堇菜科堇菜属一二年生草本，也可作多年生草本栽培；叶片卵形、长圆形或长圆状披针形，边缘具齿；每茎着花3~10朵，常有紫、白、黄3色。香堇菜又名角堇，为堇菜科堇菜属多年生草本，较三色堇低矮，花较小，深紫色，具香味。两者栽培品种均较多，色泽丰富，为我国常见栽培的草花品种。

　　三色堇和香堇菜均采用播种繁殖，北方多春播，南方则秋播。

　　小苗出土后，间去过小、过弱的苗，如小苗过密，可移植1次，待真叶长至5~6

三色堇

三色堇

三色堇

香堇菜

23

片时即可定植。两者均喜光，在生长期，室内栽培应放于阳光充足的地方，光照过弱，植株生长过旺，易徒长，会影响开花。地栽对肥料要求不高，如盆栽需提高施肥的次数，一般地栽每个生长期施肥2～3次、盆栽施肥3～5次。在植株生长旺盛时期，以20-20-20的平衡肥为主，花芽分化后，可增施磷、钾肥，有利于花大色艳。对水分要求不高，虽喜湿润，但在管理中可适当控水，以防植株徒长，一般在土壤略干时补浇1次透水。

| 三色堇种子 | 基质入盆 | 播种 | 浸水法浇水 |

下面以三色堇为例说明播种过程。

①播种选择生长饱满的种子，播盆可选用小型花盆、育苗盘等。

②播种基质可选用市售的营养土，也可用腐叶土、泥炭土加少量珍珠岩混合配制。将配好的基质装入花盆中，不要太满。

③将种子撒播于土壤表面，覆土厚度0.5厘米，注意不宜过厚。

④采用浸盆法浇水，待基质表面湿润后即可拿出。也可用水流较细的喷壶浇水，但注意水流不要过大，防止将种子冲出土面。

⑤置于稍荫蔽的地方养护，约经1周即可出苗。

	三色堇	香堇菜
花期	4～8月	春季
光照	全日照	全日照
生长适温	10～22℃	12～22℃
水分	喜湿润	喜湿润
肥料	一般	一般
土壤	喜疏松壤土	喜疏松壤土

2. 凤仙花、非洲凤仙花、新几内亚凤仙花

凤仙花又名指甲花、透骨草、小桃红、急性子，为凤仙花科凤仙花属一年生草本花卉；叶对生，线形、线状长圆形或倒卵形，边缘具小齿；花单生，有时2~3朵聚生，粉红色或白色；蒴果；栽培品种较多，有单瓣、重瓣，花形有蔷薇形、山茶形、石竹形等。同属常见栽培的有非洲凤仙花和新几内亚凤仙花，两者均为多年生草本，是重要的花坛及盆栽用花。

凤仙花采用种子繁殖，北方春季播种，南方一年四季均可。

非洲凤仙花除采用播种繁殖外（播种至发芽约需3周），也可用扦插法繁殖；新几内亚凤仙花授粉能力差，常用扦插法繁殖。

凤仙花小苗具3~5片真叶时，即可定植上盆，一般1盆1~3株。苗高10~15厘米时可打顶1次，促其分枝。性喜光照，室内种植需置于向光的阳台、窗台或天台等处栽培，过阴易徒长，开花减少。对水分要求较高，在干热季节，每天需浇1次透水，室外栽培的植株注意排水，缺水或过湿均不

凤仙花种子　　　　基质装盆

撒播　　　　覆土

浸盆法浇水　　　　一周后出苗

播种方法如下：

①选择饱满，充实的种子。

②播种可盆播也可露地直播，基质可选用营养土或肥沃的田土。盆播基质不要过满，添加基质后离盆沿2~3厘米。

③采用撒播法，尽量播种均匀。

④播后覆土，厚度为种子直径的2~3倍。

⑤播后浇水，可采用浸盆法也可用细眼喷壶直接浇水，水流不宜过大，防止种子冲出土面。

⑥浇透水后置于通风、荫蔽的地方，经7~10天出苗。

利于凤仙花生长。在生长期，半个月施肥1次，庭院栽培的如土壤肥沃，也可不用施肥。肥料以复合肥为主，花芽分化期增施磷、钾肥，如不留种，开花后可停止施肥。

非洲凤仙花和新几内亚凤仙花对水分、肥料要求比凤仙花稍高，需精细管理。

新几内亚凤仙花

凤仙花

非洲凤仙花

凤仙花

	凤仙花	非洲凤仙花	新几内亚凤仙花
花期	5~8月	全年	6~8月
光照	全日照	全日照	全日照
生长适温	10～22℃	17～22℃	20～25℃
水分	喜湿润	喜湿润	喜湿润
肥料	极少	喜肥	喜肥
土壤	不择土壤	喜疏松壤土	喜疏松壤土

3. 蒲包花

蒲包花为玄参科蒲包花属多年生草本植物，多作一年生栽培；叶对生或轮生，基部叶片较大，上部叶较小，长椭圆形或卵形；伞形花序顶生，花具二唇花冠，下唇发达，形似荷包；花有红、黄、粉、白等色，有的品种花冠上还密布紫红、深褐或橙红色小斑点；蒴果。

可用播种法和分株法繁殖，分株法较少采用，多于秋季播种。播种基质可选用市售的较细的营养土，也可用腐叶土或细泥炭土加适量河沙混合配制，基质不宜过干，如太干，可先用浸盆法浇透水再播。播种时可将种子加些细沙再播，这样播撒均匀。播种不可过密，否则出土后易徒长。播后覆一薄层营养土，也可不覆土。不覆土需用薄膜盖住花盆，并在上面打几个小孔以利通风。置于荫蔽处，约经1周即可出苗，这时取下薄膜，对瘦弱苗、病苗及时清理，并让小苗逐渐接受阳光，以防徒长。

小苗长2～3片真叶时可移植1次，5～6片真叶时即可上盆定植。定植基质可用腐叶土或泥炭土、腐熟的基肥、河沙、菜园土按6∶1∶1∶2混合配制，也可以用市售的通用型营养土。生长期保持盆土湿润，忌积水，花期适当控制水分。蒲包花较柔弱，浇水时最好沿盆沿慢慢浇灌，忌用水直接冲淋，以防叶片受损，导致病害发生。室内养护时，中午阳光过强，需遮阴，并置于通风的地方。喜冷凉，过热生长不良。对肥料要求不高，半个月施肥1次，以通用型复合肥为主，花芽分化后即增施磷、钾肥。施肥时，特别是施用有机液肥时，不要污染叶片，以免烂叶。

蒲包花花型奇特，色泽明快，适合阳台、窗台及案几上摆放观赏。

蒲包花

蒲包花

蒲包花

	蒲包花
花期	2～5月
光照	全日照
生长适温	10～22℃
水分	喜湿润
肥料	一般
土壤	喜疏松壤土

4. 矮牵牛、小花矮牵牛

矮牵牛又名碧冬茄，为茄科碧冬茄属一年生草本；叶卵形，顶端急尖，基部阔楔形或楔形，全缘；花单生于叶腋，花冠白色或紫色，具条纹，漏斗状；蒴果。小花矮牵牛又名舞春花，为茄科多年生宿根草本；叶狭椭圆形或倒披针形，全缘；花冠漏斗状，花色丰富。两者均为杂交种，在世界各国应用广泛。

矮牵牛采用播种繁殖，北方多春播，南方可春播和夏播，家庭可用苗盘、播种盘或花盆等播种，基质可选用细的泥炭土、腐叶土或市售的细营养土。矮牵牛种子细小，播后不用覆土，用浸水法浇水，置于荫蔽的地方，约经10天即可发芽。小花矮牵牛不结实，采用扦插法繁殖，以春、秋为适期，采摘顶芽5厘米长作为插穗，将下部叶片摘除，插于疏松的基质中，基质可用泥炭土或腐叶土加少量珍珠岩配制，浇透水保湿，3～4周生根。

定植时可根据种植盆的大小，每盆定植3～5株，苗高10厘米时摘心，可促发分枝。两者均喜湿润，基质过干植株易萎蔫，盆土过湿易徒长，夏、秋干热时每天浇水1次。如室外栽培，雨天注意排水，以防烂根。矮牵牛习性强健，对肥料要求不高，整个生长期施肥3次1000倍20-20-20的通用型肥料，花期施2次1000倍15-20-25的开花肥。小花矮牵牛喜肥，生长期10～15天施1次1000倍20-20-20的通用型肥料，进入生殖生长期10天施1次1000倍15-20-25的开花肥。两者对光照要求较高，过阴易徒长，枝条柔弱，开花较少，室内栽培时应放于向阳的阳台、窗台等处养护。

矮牵牛与小花矮牵牛为著名的观赏植物，开花繁茂，奔放热烈，为大众所喜爱，盆栽或吊盆栽培可用于窗台、阳台、天台等处装饰，也可用于花坛、花台及作花境植物。

	矮牵牛	小花矮牵牛
花期	5～11月	春季
光照	全日照	全日照
生长适温	15～30℃	18～26℃
水分	喜湿润	喜湿润
肥料	一般	喜肥
土壤	喜疏松壤土	喜疏松壤上

5. 牵牛花、圆叶牵牛

牛花又名喇叭花，为旋花科牵牛属一年生缠绕草本；叶宽卵形或近圆形，深或浅3裂，偶5裂，基部圆心形；花腋生，花冠漏斗状，蓝紫色或紫红色；蒴果。圆叶牵牛与牵牛花同科同属，均为一年生缠绕草本；叶圆心形或宽卵状心形，顶端锐尖、骤尖或渐尖，基部圆，心形，通常全缘；花腋生，单一或2～5朵生于花序梗排成伞形聚伞花序；花冠漏斗状，紫红色、红色或白色；蒴果。

两者皆采用播种繁殖。

当小苗长出3～4片真叶时即可定植于花盆中，每盆2～3株。当开始长蔓时，摘心促发侧枝，当侧枝长出、伸蔓后再次摘心，待枝蔓长出后，搭架整形。两者均喜肥，也耐瘠，盆栽最好多施肥，10天施1次，有利于枝蔓生长。肥料选用速效性无机肥或腐熟的有机肥均可，如土壤肥沃，即使不施肥，长势也佳。追施肥料时，不要浇在叶片上，以免叶片污染导致病害发生，造成脱叶。喜充足的阳光，无论室内、室外栽植，均应置于阳光充足的地方，过阴易徒长，导致开花减少。

牵牛花和圆叶牵牛习性强健，为著名的庭院花卉，适合居家做立体绿化；特别是阳台栽种牵牛花，可遮挡夏日的强光，且绿意盎然，朵朵似喇叭的花朵，向天而歌，极为美丽。也适合用于园林棚架栽培或作地被栽培。

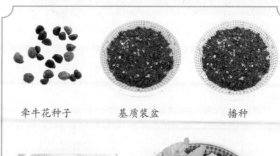

牵牛花种子　　基质装盆　　播种

浸盆法浇水　　　　长出小苗

下面以牵牛花为例说明播种过程。

①基质可选用泥炭土或腐叶土，加入少量珍珠岩拌均，种子选择充实、饱满的。

②将基质装入花盆或苗盘中，并浇好底水。

③将种子撒播或点播于基质上。

④覆土并用浸水法或细眼喷壶浇透水，约经1周即可萌发。

圆叶牵牛

	牵牛花	圆叶牵牛
花期	6～10月	6～10月
光照	全日照	全日照
生长适温	18～30℃	20～30℃
水分	喜湿润	喜湿润
肥料	一般	极少
土壤	不择土壤	不择土壤

牵牛花

6.半支莲、阔叶半支莲

半支莲又名太阳花、死不了，为马齿苋科马齿苋属一年生肉质草本；叶散生或互生，圆柱形；花顶生，基部有叶状苞片，单瓣、半重瓣、重瓣；花有白、深黄、红、紫等色；蒴果。常见栽培的同属植物有杂交种阔叶半支莲，与半支莲的主要区别是叶片扁平。

两者习性均极为强健，喜光，对土壤要求不严，喜湿润。因叶片贮藏了大量水分，故极耐旱。繁殖通常采用播种法和扦插法，均适合家庭采用。半支莲种子细小，播种基质宜选择较细的营养土，种子可掺些细沙撒播，播后不用覆土，用浸盆法浇水，花盆覆薄膜保湿，并打几个小孔通风，大部分种子发芽后将薄膜去掉。这时苗较小，要注意保持土壤湿润，以防将小苗旱死，一般重瓣种及阔叶半支莲不易结实。采

半支莲

半支莲

阔叶半支莲

用扦插法繁殖时，要选择健壮的茎段插于基质中，浇水保湿，2周即可生根成活，也可选择带花蕾的枝段，插后即可开花。

上盆时采用肥沃的田园土或营养土均可，根据盆的大小，可栽培5～10株或更多，成型快，开花繁茂。喜光照，需置于强光照下养护，光照不足，花期花瓣会闭合。对肥水要求不高，浇水掌握"间干间湿"的原则，忌长期过湿。生长季节施肥2～3次即可，可随水追施，以复合肥为主，土壤肥沃也可以不施肥。种子成熟后要及时采收，否则易散落。

	半支莲	阔叶半支莲
花期	6～7月	6～9月
光照	全日照	全日照
生长适温	22～30℃	22～30℃
水分	喜湿润，耐旱	喜湿润，耐旱
肥料	极少	极少
土壤	不择土壤	不择土壤

半支莲种子　　　　　　撒播

浸水法浇水　　　　覆盖薄膜

播后一周

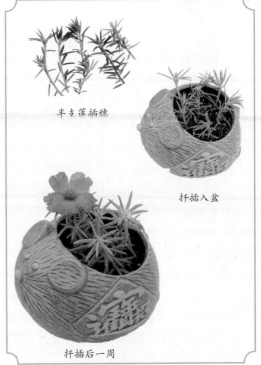

半支莲插穗

扦插入盆

扦插后一周

31

四、常见兰科花卉

1. 春兰、建兰

春兰又名山兰、草兰，建兰又名四季兰，均为兰科兰属多年生草本，为地生兰，是国兰中栽培较多的品种。它们的假鳞茎卵球形，叶带形，花葶从假鳞茎基部抽出、直立，春兰一个花葶多为一朵花，有时两朵；建兰一个花葶数朵花，有时达20多朵。花常有香气，色泽变化较大，蒴果狭椭圆形。现栽培的多为园艺种。

春兰、建兰喜半阴，不喜强光，春、夏、秋三季光照较强时需遮光，可根据光照强度调整，光强时需遮掉80%~90%的光照，冬季光照较弱时可不遮光或少遮光。基质可根据当地情况选用，如山泥、腐叶土、黄沙土、塘泥、田土等，可用腐叶土或泥炭土加少量河沙及基肥调配成营养土，也可用打碎的塘泥加少量腐叶土或煤渣混合成营养土。商业生产也有用兰石、树皮、陶粒、海浮石等附生基质，具有透气性良好、质轻等优点。

春兰生长适温为18~28℃，建兰生长适温为15~25℃，均有一定的耐寒性，可短时间忍受-5℃的低温。生长期湿度一般控制在80%左右、冬季不低于50%为佳，如空气过于干燥可喷雾保湿。生长期浇水要充足，一般夏天每天浇水1次，春、秋季2~3天浇水1次，保持基质湿润；冬季应偏干些，可根据情况决定，宜选择在晴天且气温较高的日子浇水，以防低温过湿造成兰株腐烂。施肥掌握薄肥勤施的原则，建议不要使用单一肥料，以复合肥为佳，如花多多、花宝或兰花专用肥，一般7~10天施肥1次，第二天浇1次清水，进入休眠期则停止施肥。如施有机肥，则需充分腐熟，且浓度不宜过高。

春兰、建兰2~3年换盆1次，可于春季或秋季进行，在炎热的夏季及寒冷的冬季不宜换盆。多采用分株法繁殖，春季

建兰

和秋季为适期，一般结合换盆进行。分株时需有4个芽以上，且生长势良好。分株前控水，让盆内的基质稍干燥，待肉质根稍软后脱盆，以防伤根。脱盆后将基质去掉，并小心剔除根间的基质，不要伤到肉质根及叶芽。再将丛生的假鳞茎用利刀切分开，每丛至少3芽以上，并将断根及烂根剪掉。上盆时，花盆底部用瓦片、砖块等铺上，垫层约为盆高的1/4，以利通气透水。然后将营养土堆至假鳞茎的叶基部，并根据基质干湿情况适当浇水，置于荫蔽处养护。

国兰株形美观、叶形飘逸、花具清香，为优良的室内盆栽花卉，可放置于卧室、书房或客厅的案几之上观赏。

春兰

	春兰	建兰
花期	1～3月	6～10月
光照	喜阴	喜阴
生长适温	18～28℃	15～25℃
水分	喜湿润	喜湿润
肥料	一般	一般
土壤	配制的营养土或附生基质	营养土或附生基质

2. 蝴蝶兰

蝴蝶兰

蝴蝶兰为兰科蝴蝶兰属多年生附生草本，根肉质，长而扁；叶质地厚，扁平，椭圆形、长圆状披针形至倒卵状披针形；花序侧生于茎的基部，直立或斜出，具少数至多数花，花小至大。目前市场上常见的蝴蝶兰基本上是杂交种，有蝴蝶兰属间杂交品种，也有与朵丽兰属杂交的品种，与朵丽兰属杂交而成的新属称为朵丽蝶兰属。常见的栽培品种有满天红、皇后、瑞丽、兄弟女孩、火鸟等。

蝴蝶兰可以用播种法或分株法繁殖。因其一般不易结种，且需要在无菌条件下用培养基播种，故家庭中无法采用。有时候植株能长出侧芽或在花梗长出高芽，可切下另栽繁殖。生产上常用组培法，家庭也无法采用，因此可到市

蝴蝶兰

场购买苗株或成株栽培。

蝴蝶兰从瓶苗至开花需18～20个月，分为3个阶段，出瓶时用1.5寸（1寸=2.54厘米，下同）的透明塑胶杯种植，时间为4～5个月，然后换盆至2.5寸透明塑胶杯，种植4～5个月，最后换至3.5寸透明塑胶杯种植直至开花。栽培基质需用附生基质，不能用土壤种植。常用的附生基质有水苔、树皮块、兰石、石块等，生产上常用水苔栽培，家庭可选用水苔或树皮块加少量石块种植。换盆除了冬季外，其他季均可进行。开花株换盆时，需将水苔去掉，并将枯根和病根剪除，如茎过长，可将下部剪掉，伤口用草木灰涂抹或用药物消毒，另外上盆即可。

蝴蝶兰对肥料要求不高，生长期10天浇灌1次3000倍的通用型20-20-20的复合肥；入秋后，改施3000倍的15-20-25的开花肥，花后及时将花梗剪除。蝴蝶兰喜充足的散射光，春、夏、秋季早晚及冬季可见全光照，光照过强易灼伤叶片。一般不用浇水，可结合追肥进行。蝴蝶兰不耐寒，一般需18℃以上气温才能生长良好，但冬季室内温度较低，需注意控水，以防植株腐烂；气温达到30℃以上时，应置于通风良好的地方。如空气过于干燥，可向植株喷雾保湿。

蝴蝶兰为著名的洋兰，因其花色艳丽、花期长，备受人们喜爱，已成为年宵花最重要的花卉之一，适合卧室、客厅、书房等摆放观赏，也可以用作切花瓶插装饰餐桌和案几。

水苔浸洗　　　　挤干水苔

脱盆　　　用新水苔包裹植株

上盆

下面以2.5寸苗为例说明换盆过程。

①基质选用进口水苔，花市均可购到，先用清水浸洗4个小时。

②然后用手挤出水苔多余的水分，直到没有水分流出为止。

③将苗株脱盆。

④原来的水苔不用剥掉，用新水苔将外面包住。

⑤植入3.5寸盆中，轻压，不宜太紧或太松，上面留出2厘米的空间，以备浇水。上盆后，置于散射光充足的地方，不要浇水，待基质表面稍干后浇1次透水。

蝴蝶兰	
花期	4～6月
光照	半日照
生长适温	18～30℃
水分	喜湿润
肥料	极少
土壤	附生基质栽培

3. 卡特兰

卡特兰为兰科卡特兰属植物的总称，又名嘉德丽亚兰，为多年生附生草本；假鳞茎呈棍棒状或圆柱形；叶1~3枚，长圆形，厚革质；花单朵或数朵着生于假鳞茎顶端；花瓣卵圆形，边缘波状。

卡特兰常用分株法繁殖，春季或秋季进行均可。

分株后的植株半个月内置于荫蔽通风的环境，每天向叶面喷水保湿，以防叶片和假鳞茎失水干缩。这时不要施肥或浇水，应待新根长出时方可浇水施肥。

卡特兰栽培采用附生基质，也可绑扎种植于桫椤板、树干及岩石等处。其性喜高温高湿，以22~28℃为佳，超过35℃需加强通风并降温，低于10℃则进入半休眠状态。喜光，但忌强光，除冬季外，需遮阴以防灼伤叶片。耐旱，但水分不足生长缓慢，干热季节应多向植株喷水保湿，在高

卡特兰

待分株的卡特兰

脱盆　　　　　去掉基质

分离　　　　　上盆

分株方法如下：

①基质选用附生基质，可选用水苔、蕨根、木炭、树皮块、石块、兰石及陶粒等，一般轻质材料可加少量石块。植株选择每盆有10芽左右即可。

②植株经多年生长，根系已长满花盆，很难脱盆，可将盆割裂剥掉或打碎脱盆。

③去掉基质，不要伤到新根。

④用利刀在卡特兰根茎处分离，一丛4~5株，需带有新芽，并将枯根和过长根剪除。

⑤上盆时老株可靠近盆边、新芽向着盆中间，以给出新芽生长空间。

温季节基质应保持湿润，冬季则控制水分，以浇水后至傍晚叶面水分蒸发掉为佳，不宜带水珠过夜，以防感染病害。需肥不多，宜薄肥勤施，生长期10~15天喷施1次1500倍的20-20-20的通用型复合肥，植物成熟后，可间施开花肥。开花期、休眠期气温高于32℃或低于15℃时都要停止施肥。另外还应每1~2个月冲洗1次基质，以避免盐害。

　　卡特兰为著名的洋兰，种类和品种繁多，色泽丰富，适合居家卧室、客厅、书房等装饰，也可作切花用于瓶插观赏。

卡特兰	
花期	因种类而异
光照	半日照
生长适温	18~28℃
水分	喜湿润
肥料	一般
土壤	附生基质栽培

卡特兰

卡特兰

卡特兰

4. 春石斛

　　春石斛为多年生常绿或落叶附生草本植物，假鳞茎肉质，叶互生、阔披针形，叶基部有抱茎的鞘；总状花序，每序有2~5朵花着生于每节的茎节上，花大而艳丽，萼片与花瓣同色且不易区分，花瓣与唇瓣常不同色而极富变化。本种为杂交种，是由多种石斛经反复杂交培育的园艺品种。

　　春石斛通常采用分株法和扦插法繁殖，家庭均可采用。分株法极为简单，可于秋季或春季将植株脱盆，用利刀将植株分开，每丛有3~4株，上盆即可，也可把植株上的高位芽摘卜直接上盆。扦插简单易行，一次可得大量苗株。

　　上盆基质可选用栽种植料，如椰块、水苔、

春石斛

春石斛

春石斛高位芽 整个假鳞茎

假鳞茎平铺于基质上 盖上少许泥炭土

假鳞茎切段 假鳞茎小段扦插

扦插方法如下：

①扦插基质可选用泥炭土或水苔，先将泥炭土装于花盆中或播盘中，水苔可直接铺于播盘中。

②选择饱满的没有开花的假鳞茎，剪下后每2~3节切成一段，也可以不剪切。

③将茎段插入泥炭土中或用水苔包住下部置于花盆中，没有剪切的假鳞茎可直接平铺在水苔上或泥炭土上，上面加盖少许泥炭土或水苔保湿。

④置于荫蔽处养护，30~40天生根，根长至4厘米左右即可上盆。

春石斛	
花期	冬春季
光照	全日照至半日照
生长适温	18~30℃
水分	喜湿润
肥料	一般
土壤	附生基质栽培

木炭块、树皮块等，轻质材料需加少量碎石，以防翻盆。春石斛喜光照和通风良好的环境，春季、夏季及秋季光照过强时需遮阴，冬季可见全光照。对水分要求不高，耐旱，一般早上浇水，不要下午或晚上浇水，温度过大和植株带水珠过夜易感染病害。苗期可施用1000~1200倍20-20-20的通用型肥料，10天施肥1次。成株春季和初夏施肥以通用型肥料为主，6月以后改施开花肥，入冬后逐渐落叶，停止施肥。春石斛一般9月封顶，不再向上生长，进入生殖阶段，在冬季低于13℃时约经18天即可完成花芽分化，但如在花芽分化期遇到高温，且持续1周左右，花芽就会转化成叶芽，最后形成高位芽。开花后，置于散射光充足的地方，不要见强光，可延长花期。

春石斛品种繁多，花色繁茂，艳丽多姿，观赏价值极高，适合窗台、客厅、书房及案几摆放。

春石斛

五、常见常绿草本花卉

1. 吊兰、银边草

银边草

吊兰又名挂兰，为百合科吊兰属多年生常绿草本植物；根状茎短，具簇生的圆柱形肉质须根；叶片基生，条形至长披针形，全缘或略具波状，绿色；叶丛中抽生出走茎，花后形成匍匐茎；总状花序，花白色，簇生；常见的栽培种有金心吊兰、银边吊兰。银边草同为百合科吊兰属，与吊兰的主要区别为叶剑形、边缘白色，不具匍匐茎。

吊兰也常用匍匐茎上的小植株摘下另栽。

吊兰喜疏松土壤，可选用泥炭土或腐叶土加少量菜园土及珍珠岩混合配制。对水分适应性强，虽喜湿润，也耐旱，因它的肉质根可贮藏大量水分，故炎热季节可2~3天浇水1次，冬季低温控水，防止肉质根腐烂。生长季节半个月施1次1000倍的20-20-20通用型肥料，花叶型的品种氮肥需少施，以防斑纹变淡，观赏性变差。吊兰喜散射光，特别是花叶种更忌强光，夏季需遮阴。吊兰底叶和叶尖易黄叶，需定期修剪。

吊兰

吊兰极适合水培，根系洁白粗壮，观赏性极强。由土培转水培可在生长季节进行，脱盆后

吊兰的花

吊兰脱盆　　　　分株与剪根

上盆

吊兰繁殖常采用分株法，方法如下：

①分株在生长季节均可进行。先将植物脱盆，因吊兰为肉质根系，极易受伤，故应尽量少伤根系。

②分株时沿根状茎相连处用利刀割开，并将枯根、病根剪掉，伤口涂抹草木灰防止感染病害。

③上盆后置于荫蔽处养护。

用清水冲洗泥土，水流不宜过大，以防伤根。清洗干净后，植于透明的玻璃容器中，初期1～2天换水1次，新根长出后每周换水1次，半个月施1次稀薄的液肥。

吊兰姿态优雅，为家庭中常见栽培的花卉之一，除用于卧室、客厅、书房等装饰外，还具有吸收空气中一氧化碳、过氧化氮、甲醛等有害气体的功效。

银边草栽培与吊兰基本相同，繁殖采用分株法。

	吊兰类	银边草
花期	春夏季	夏季
光照	半日照	半日照
生长适温	20～28℃	20～28℃
水分	喜湿润，耐旱	喜湿润
肥料	一般	一般
土壤	喜疏松壤土	喜疏松壤土

2. 空气凤梨

空气凤梨为凤梨科铁兰属多年生附生植物的总称，植株呈莲座状、筒状、线状或辐射状，叶有披针形、线形，或直或弯曲，叶色有绿色、灰色、蓝灰及叶片带部分红色、紫色等，部分叶片具鳞片。

空气凤梨喜湿润和通风良好的环境，极耐旱、耐强光。生长适温为15～26℃，部分种类可耐0℃的低温，但大部分过冬不能低于5℃，高于30℃注意降温及通风。栽培不用土壤，可直接绑扎于石头、树干、桫椤板或粘贴于墙壁上，也可以用线吊挂栽培。

繁殖主要采用分株法，一般在开花

空气凤梨

时或花后，基部逐渐长出子株，从母体吸收养分，约半年左右即可与母株分离另栽。

空气凤梨喜充足的散射光，带有绒毛的耐光性较强，因此栽培时可区别对待。室内光线相对较暗的，需置于窗台或阳台等处栽培，因光线过暗，植株徒长，观赏性差。喜湿润，最好用小型喷雾器浇水，淋湿整个植株，注意叶心处不要积水，以防病害发生，如水分过多，可将多余的水分甩掉，雨天不要喷水。如植株过度失水，可将整个植株泡于水中，待其吸满水分后捞出，挤掉多余水分。对肥料需求极少，切忌乱施肥，特别是肥料浓度较高的话易对植物造成生理性伤害，一般在生长期每月喷施1次3000倍20-20-20的通用型肥料即可，冬季休眠及开花期停止施肥。空气凤梨忌钙质，因此栽培时不要沾于石灰质材料上，如珊瑚、石灰质石料。

空气凤梨形态奇特，姿态各异，观赏性极强，适合居家的阳台、窗台，以及庭院的廊柱、树干等处栽培观赏。

空气凤梨

空气凤梨

空气凤梨	
花期	多数秋季至春季
光照	半日照
生长适温	16～26℃
水分	喜湿润，耐旱
肥料	极少
土壤	附生

3. 椒草类

园艺上所说的椒草为胡椒科草胡椒属一年生或多年生草本的通称，有分枝或不分枝；叶互生、对生或轮生，全缘，无托叶；穗状花序顶生或与叶对生，稀腋生；花极小，两性。椒草类约有1000种，分布于热带和亚热带地区，我国有9种，产于西南部至东部。常见栽培的有西瓜皮椒草、红皱

乳斑椒草

斑叶垂枝椒草

的原则，忌长期过湿，冬季低湿时应控制浇水，以防出现根腐。对肥料要求不高，每月施1次1000倍的20-20-20的通用型肥料，多随浇水追施。1～2年换盆1次，春季、秋季均可进行。换盆时将大部分原土去掉，根部保留部分原土，上盆后浇透水，放在荫蔽处养护。

椒草、红边椒草、豆瓣绿椒草、乳斑椒草、白脉椒草、圆叶椒草、荷叶椒草及斑叶垂枝椒草等。

椒草类大多喜充足的散射光，忌夏日强光，早春、晚秋及冬季可见强光，但过于荫蔽生长不良。繁殖常采用分株法和扦插法，在生长季节均可进行，大多数种类2周即可生根。

栽培基质宜选择疏松、肥沃及排水良好的土壤，通透性差的基质生长不良，盆栽基质多用泥炭土或腐叶土加适量田园土及河沙（或珍珠岩）混合配制而成。因原产地在热带及亚热带，椒草类大多不耐寒，一般20～25℃为其生长适温，越冬不低于10℃，低于5℃易出现冷害。在干燥季节，应多向植株喷水，保持空气湿润，浇水掌握"间干间湿"

荷叶椒草

	椒草类
花期	因种类而异
光照	半日照
生长适温	18～28℃
水分	喜湿润
肥料	一般
土壤	喜疏松壤土

红皱椒草

白脉椒草

西瓜皮椒草

4. 红掌、白掌、火鹤花、绿巨人

红掌与火鹤花为天南星科花烛属，白掌与绿巨人为天南星科苞叶芋属。红掌又名安祖花、花烛，火鹤花又名红鹤芋、红苞芋，白掌又名白鹤芋，绿巨人又名绿巨人白掌。它们均为多年生常绿草本，叶革质，绿色，长椭圆形或长圆形；佛焰苞直立，呈红色、粉色、白色或淡绿色等，肉穗花序。

它们均性喜温暖和散射光充足的环境，在强光下生长不佳，均喜疏松、肥沃的壤土，红掌也可用花泥等附生材料栽培。家庭栽培均用分株法，生长健壮的植株2~3年可以分株1次。分株前控水，土壤太湿不好操作，稍干即可。将植株从花盆脱出，将宿土去掉，用利刀将根状茎相连处剪断，一般每丛3~5株，并对根系进行修剪，这样对促发新根有利。

植株生长2年左右时，因原盆长满根系，基质的养分消耗较多，土壤的理化性质变差，植株呼吸能力减

火鹤花

白掌脱盆并剥掉泥土

修剪根系

盆底垫瓦片

白掌置于盆中后添土

翻盆后的白掌

下面以白掌为例，说明翻盆过程。

①将植物脱盆，把泥土剥去。

②将植株的枯根、病根及过长的根系剪除，有利新根萌发。

③上盆时可用原盆，也可选用同样大小的新盆，将盆底排水孔用瓦片或石块盖好，并加入1/3的营养土。

④将植株放入盆中，周边加入新土，并稍加压实，让土壤与根系充分接触。注意土壤不要添加得太满。

⑤浇透水置于荫蔽处养护。

绿巨人

红掌

白掌

弱，这时即应翻盆。栽培养护时，尽可能置于20℃以上的室内养护，不要放在窗台、阳台等光线过强的地方，早晚及冬季可见强光。在夏、秋干热季节，多向植株喷水，以增加空气湿度，如有灰尘可定期用湿布擦洗叶片。可根据基质肥沃程度施肥，一般半个月随浇水追施1次1000倍的复合肥。忌偏施氮肥，原因一是易导致徒长，二是营养生长过旺影响开花。在生长过程中，下部老叶逐渐枯萎，可随时剪掉。

	红掌	白掌	火鹤花	绿巨人
花期	全年	5～10月	2～7月	4～7月
光照	半日照	半日照	半日照	半日照
生长适温	20～28℃	22～30℃	20～28℃	22～30℃
水分	喜湿润	喜湿润	喜湿润	喜湿润
肥料	喜肥	喜肥	喜肥	喜肥
土壤	喜疏松壤土	喜疏松壤土	喜疏松壤土	喜疏松壤土

5. 金钱树

金钱树又名雪铁芋，为天南星科雪铁芋属多年生常绿草本植物，具地下块茎，株高30～50厘米；羽状复叶自块茎顶端抽生，小叶在叶轴上呈对生或近对生，小叶卵形，全缘，厚革质，先端急尖，有光泽；花瘦小，浅绿色。

金钱树为重要的盆栽观叶植物，繁殖通常采用分株法和扦插法。分株法繁殖株型不紧凑，观赏性不佳，而且产量

金钱树的花　　　　金钱树

不高，故常采用扦插法。

金钱树多盆栽，室内栽培时最好不要低于10℃、高于30℃，低温易产生冷害，高温植株生长不良。生长季节应保持土壤湿润，土壤表面干透后即可浇水，忌积水及长期过湿，特别冬季低温时应保持基质干燥。家庭种养金钱树时，冬季最易出现问题多是浇水过多，基质过湿而导致植株腐烂死亡。天气干燥时，应经常向叶片喷水保湿，半个月擦洗1次叶片，保持光亮。生长季节可半个月浇施1次1200倍的20-20-20通用型肥料，不能长期施用氮肥，以防枝叶徒长，株型变差；冬季停肥。为保持植株旺盛生长，每年可换盆1次。换盆时忌伤根及球茎，基质以湿润为佳，上盆后不要急于浇水，以防烂根。

扦插的基质与播盘

叶片

叶轴

叶片扦插

叶轴扦插

叶片扦插叶柄基部形成的小球茎

叶轴扦插下部形成的小球茎

扦插方法如下：

①基质可选用泥炭土或腐叶土，掺加少量珍珠岩拌匀并上盆，也可采用播盘大量扦插。

②选择生长健壮的叶片和叶轴，将叶片用利刀带叶柄切下备用，叶轴去掉或带1～2片叶，切断备用，每段长5厘米左右。

③将叶片和叶轴插入湿润的基质中，并将基质稍稍压实，不用浇水，置于荫蔽处养护即可。待基质干燥时，浇1次透水。

④叶片扦插经10～15天即可生根，在叶柄基部形成小球茎。叶轴扦插约1个月生根，并慢慢形成球茎。一般2～3个月即可长出小植株。

	金钱树
花期	冬、春季
光照	半日照
生长适温	20～28℃
水分	喜湿润、耐旱
肥料	一般
土壤	喜疏松壤土

6. 非洲紫罗兰

非洲紫罗兰又名非洲堇，为苦苣苔科非洲紫罗兰属多年生草本植物；叶片轮状平铺生长，呈莲座状，叶卵圆形，先端稍尖，全缘或具齿；花梗自叶腋间抽出，花单朵顶生或交错对生，花色丰富，有紫色、蓝紫色、浅红色、白色、红色等，有单瓣和重瓣。

非洲紫罗兰常用分株法或扦插法繁殖，因分株有限，而采用扦插法可获得大量苗株，故多用扦插法。

非洲紫罗兰对栽培基质有较高的要求，一般用珍珠岩、蛭石、泥炭土按1：1：3混合配制，因珍珠岩含粉尘较多，吸入后易导致咳嗽，使用前最好用水淋湿。花盆不要选择过大的，一般口径10厘米的盆即可，也可购买非洲紫罗兰的专用花盆。上盆后置于通风凉爽的环境为佳，一般早、晚及冬季可见全光照，其他时段需遮阴，防止灼伤。喜湿润，忌积水，过湿极易造成植株腐烂，浇水时不要喷洒在叶面上，如水长时间滞留在叶片上会导致病害发生，严重的可导致叶片腐烂。对肥料要求不高，10～15天施1次稀薄的液肥或通用型复合肥，忌偏施氮肥，因营养生长过旺不利于开花。换盆多于春季进行，上盆时需将茎部埋入土中，不宜过浅。成株经2～3年栽培后，生长势变差，这时可对老株更新。

非洲紫罗兰为著名的小盆栽，常用于点缀案头、书桌、卧室等处，在各大花卉论坛常有品种分享及交换，为普及较广的花卉种类。

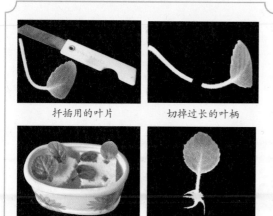

扦插用的叶片　　切掉过长的叶柄

扦插　　　　　　已生根的叶片

扦插方法如下：

①叶片选择生长健壮、无损伤及病害的，用利刀将叶柄斜切。

②将过长的叶柄切掉，保留2～3厘米，稍晾一会，等切面稍干再扦插。

③扦插基质可选用珍珠岩、蛭石，也可两种混合，装入花盆后浇透水，然后将叶柄斜插入基质中，不要太深。也可以采用水插的方法，在小块泡沫板上打洞，将叶片插在小洞中，并置于水面上，然后放在散射光充足的地方养护。

④温度保持20～26℃，湿度控制在60%～80%之间，约经20天生根。

非洲紫罗兰

非洲紫罗兰

非洲紫罗兰

非洲紫罗兰

	非洲紫罗兰
花期	夏季至冬季
光照	半日照
生长适温	15～25℃
水分	喜湿润
肥料	一般
土壤	喜疏松壤土

7. 大花君子兰、垂笑君子兰

大花君子兰又名君子兰、剑叶石蒜、大叶石蒜，为石蒜科君子兰属多年生常绿草本；叶片扁平带状，光亮、常绿；伞状花序生于花葶顶部，小花漏斗形，花橘红色；浆果成熟后红色。常见同属植物垂笑君子兰叶带状、狭长、多花，开花时花下垂，花被橘红色。君子兰栽培品种极多，如和尚、黄技师、春城短叶、油匠等，为吉林省省会长春的市花，在北方栽培普遍，开花时正值春节，极适合居室的案头、窗台等处摆放观赏。

大花君子兰多用播种法繁殖，也可采用分株法。种子不耐贮藏，需随采随播，基质可选用泥炭土加适量河沙混合而成。播种时采用点播法，播后覆土1～2厘米厚，浇透水保湿，播后40～50天发芽，再经1个月左右即可长出真叶。分株繁殖在春、秋季为佳，多年生的老株会从母株上长出侧芽，待侧芽长15厘米左右时即可切离母体另栽，侧芽须带根系，切口用草木灰涂抹，以防感染病害。

大花君子兰喜温暖、凉爽的环境，在南方夏季高温季节进入休眠状态，往往生长不佳。上盆时，基质多选用微酸性的松针土，也可用泥炭土加少量河沙混合成营养土。如土壤黏重，极易烂根。在生长期，保持土壤湿润，不要积水，10天至半个月可随水追施1次腐熟液肥或1000倍的20-20-20的通用型肥料，现蕾后可增加磷、钾肥的用量，促使花大色艳。在养护过程中，如天气干燥，应向叶片喷水保湿，可有效防止叶片焦枯。喜充足的散射光，阳光强烈时置于荫蔽处，以防晒伤叶片，一般冬季可见全日照。

大花君子兰

一般春季花谢后换盆1次，以保证养分充足。换盆时，盆底多垫些瓦片，以利排水，然后将旧土轻轻剔除，不要伤到肉质根，如有病根及烂根需去除，稍晾一下即可上盆。

大花君子兰的花箭有时不易长出，即所谓的"夹箭"，主要是在抽箭时温度过低造成。故此时宜保持室内温度20～25℃。另外，肥料不足也是影响抽箭的一个原因，可适当喷施些磷、钾肥，以促进抽箭。

大花君子兰

大花君子兰品种间差异极大，理想的大花君子兰叶片要圆（卵形）、短（叶长在20厘米左右为佳）、宽（叶宽在10厘米以上）、厚（叶厚在2毫米以上）、硬（有硬度和弹性）、亮（叶片光亮）、挺（叶片坚挺），且从外面直视应为"侧看一条线，正看如扇面"，这样的株型才是完美的。

大花君子兰的果

	大花君子兰	垂笑君子兰
花期	冬、春季	夏季
光照	半日照	半日照至全日照
生长适温	18～25℃	15～25℃
水分	喜湿润	喜湿润
肥料	喜肥	一般
土壤	喜疏松壤土	喜疏松壤土

垂笑君子兰

8. 绿萝、海芋、合果芋、观音莲

它们均为天南星科多年生常绿植物。绿萝又名黄金葛，藤芋属，叶宽卵形，成熟枝上的叶为椭圆形或心形，肉穗花序；海芋又名滴水观音，海芋属，叶箭状卵形，肉穗花序，佛焰苞管部绿色；观音莲又名美叶芋，海芋属，叶箭形盾状，肉穗花序，佛焰苞白色；合果芋又名箭叶芋，合果芋属，幼叶箭形或戟形，老叶掌状，佛焰苞淡绿色或淡黄色。

繁殖多采用分株法或扦插法。分株在生长期均可进行，脱盆后将营养土去掉，然后用利刀将根状茎连接处切断，并涂上草木灰防止感染病害，另行上盆即可。绿萝与合果芋也可采用扦插法繁殖。

上述几种植物均习性强健，易栽培。室内盆栽的基质以疏松、肥沃为佳，可用腐叶土或泥炭土加少量河沙或珍珠岩混合而成。上盆后，保持土壤湿润，置于散射光充足的环境，天气炎热每天浇水1次，不可过干，否则叶片易黄化。如盆中积水，根系可能窒息，导致烂根。生长旺季半个月施1次1000倍的20-20-20的通用型肥料，也适合叶

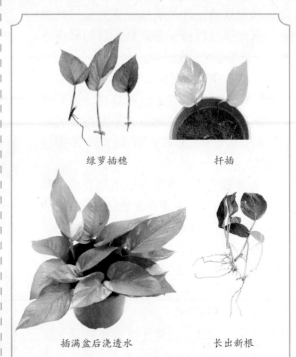

绿萝插穗　　　扦插

插满盆后浇透水　　　长出新根

下面以绿萝为例说明扦插过程。

①扦插基质选用泥炭土或腐叶土，并加少量珍珠岩装盆，不要太满。挑选生长健壮、叶片无损伤的枝条，用利刀切成段，每段1节1叶作为插穗。

②将绿萝茎段插入盆中，直径12厘米的盆扦插10～15个。将插穗埋于土中，叶片露出土面，扦插多个插穗可快速成型。

③插满盆后，浇透水保湿，置于散射光充足的地方。

④因扦插节处大部分带根，约经10天可再生出新根。

面喷施；冬季如果植株不再生长，可停止施肥。每2年换盆1次，脱盆后，将旧土去掉，少伤根系，并将过长根和腐烂根剪掉，上盆后置于荫蔽处养护即可。对出现的病叶和老化的黄叶，应及时剪除，可减少病害的发生。

上述几种均为著名的观叶植物，均适合盆栽，用于客厅、阳台、卧室等绿化；绿萝、合果芋也适合用于林下、树干、山石及坡地绿化；海芋常用于林下、沟边、水岸边等处绿化观赏。

绿萝

观音莲

合果芋

海芋

	绿萝	海芋	合果芋	观音莲
花期	春季	全年	夏、秋季	初夏
光照	半日照	半日照	半日照	半日照
生长适温	20~28℃	18~28℃	20~28℃	22~28℃
水分	喜湿润	喜湿润	喜湿润	喜湿润
肥料	极少	极少	极少	一般
土壤	喜疏松壤土	喜疏松壤土	喜疏松壤土	喜疏松壤土

9. 捕蝇草、猪笼草

捕蝇草为茅膏菜科捕蝇草属多年生草本；基生叶小，圆形，花开时枯萎，茎生叶互生，弯月形或扇形，分为两半，能分泌黏液，呈露珠状；叶片通常向外张开，叶缘蜜腺散发出甜蜜的气味；总状花序，小花白色。猪笼草为猪笼草科猪笼草属多年生半常绿藤本植物；叶互生，长椭圆形，中脉延长为卷须，末端有一叶笼，瓶状，上有盖；雌雄异株，总状花序，小花单性，无花瓣。

捕蝇草可用播种法、扦插法及分株法繁殖。播种法较少采用，需随采随播，家养时在开花后将花茎剪除，以防消耗过多营养。扦插可将带叶柄的叶片插入泥炭土或水苔等基质中，需要数周才能长出新芽。分株可选择长有根系的侧芽，挖出另栽即可。猪笼草多采用扦插法繁殖，在春末夏初剪取健壮的枝条，2节一段，并将大部分叶子去掉，插于泥炭土或水苔中，喷水保湿，3~4周即可生根。

捕蝇草可用泥炭土或水苔栽培，栽种时不宜用过大的盆。因捕蝇草原生在沼泽地带，因此喜潮湿，可用浸水法栽培，即将花盆置于装有水的水杯或塑料盆中栽培，水位不要太深，以防基质过湿。冬季气温低，可将花盆从水盆中移出，基质以稍干燥为佳。捕蝇草喜光，应尽量置于光线充足的地方，如捕虫夹不是正常的红色，而是绿色，说明缺少阳光，但在夏季和秋季阳光强烈的中午还需要适当遮光。捕蝇草一般不用喂食，有时可捕捉一些昆虫补充养分，另外生长期每半个月叶面施1次2500倍的通用型肥料，不要向基质浇施肥料，休眠

	捕蝇草	猪笼草
花期	5~6月	4~11月
光照	全日照	半日照
生长适温	15~28℃	22~28℃
水分	喜湿	喜湿润
肥料	极少	一般
土壤	喜疏松壤土	喜疏松壤土

捕蝇草

猪笼草

猪笼草的花

期停止施肥。

猪笼草栽培基质选用泥炭土或腐叶土，在原产地多生于林下潮湿的地方，因此居家栽培时应多向叶面喷水，以保持空气湿度。光照较强时应适当遮阴，以免灼伤叶片。每月施1~2次稀薄的复合肥。

食虫类植物极为奇特，观赏价值极高，常在窗台、客厅或案几上栽培观赏。

10. 美丽口红花、毛萼口红花

美丽口红花又名翠锦口红花，为苦苣苔科芒毛苣苔属多年生附生常绿草本植物；枝条匍匐下垂，肉质叶对生，卵状披针形；伞形花序生于茎顶或叶腋间，橙黄色，花冠基部绿色。毛萼口红花又名大红芒毛苣苔，为苦苣苔科芒毛苣苔属多年生藤本植物；叶对生，长卵形；花序多腋生或顶生，花冠筒状，红色至红橙色。

两者均以扦插法繁殖，以春季和秋季进行为佳。枝条选择生长健壮、无病害的，剪取10~15厘米长的枝条作插穗，插于泥炭土中，浇透水保湿，并置于荫蔽处养护，约经1个月即可生根。

它们性喜温暖、湿润的环境，不喜干燥环境，多选用泥炭土或腐叶土加适量珍珠岩作为栽培基质。喜充足的散射光，忌夏季和秋季的强光直射，因此光照强烈时应进行遮阴。在生长期，需保持土壤湿润，夏、秋高温季节每天补水1次，并经常向叶面喷水，以保持较高的空气湿度。进入冬季后，可减少浇水，保持盆土半干燥，过湿易烂根。对肥料

美丽口红花

美丽口红花

要求不高，20天至1个月施肥1次，营养生长期可施用尿素等含氮量较高的肥料，但不宜过多，否则营养生长过旺会导致开花减少。待植株成熟后，增施磷、钾肥，可促进发芽分化及植株生长健壮。

花期过后，可对植株进行修剪，将过长枝条和开过花的残茎剪除，可减少养分消耗并促发新枝，以更新复壮。

美丽口红花和毛萼口红花极为美丽，因其花酷似口红而得名，为著名的盆栽花卉，常盆栽或吊盆植于客厅、卧室、书房的案几、书桌、窗台等处观赏，也可垂吊于空中点缀装饰。

毛萼口红花

毛萼口红花

	美丽口红花	毛萼口红花
花期	7～9月	夏季
光照	半日照至全日照	全日照
生长适温	18～30℃	18～28℃
水分	喜湿润	喜湿润
肥料	一般	一般
土壤	喜疏松壤土	喜疏松壤土

六、常见多浆植物

1. 蟹爪兰、仙人指

蟹爪兰又名蟹爪莲，为仙人掌科蟹爪属多年生肉质植物；叶状茎扁平多节，肥厚，卵圆形，先端截形，边缘具粗锯齿；花着生于茎的顶端，花被开张反卷，花色丰富，有红、淡紫、黄、白、粉红及双色等，栽培品种较多，如吉纳、雪花、马多加、伊娃等。仙人指为仙人掌科仙人指属多年生肉质植物，茎节扁平下垂，花瓣张开反卷，着生茎节顶端两侧，花红色。

蟹爪兰和仙人指常用扦插法和嫁接法繁殖。扦插极为简单，即选择健壮无病害的茎节，每段2~3节，切口稍干燥后插入泥炭土或珍珠岩等基质中。为

蟹爪兰

蟹爪兰

蟹爪兰

仙人指

仙人指

快速成型，也可直接插入花盆中，每盆插8个左右，插后基质不宜过湿，否则切口易腐烂。插后2~3周即可生根。嫁接法常于春、秋两季进行。

两者栽培可选择腐叶土或泥炭土加1/3的河沙混合而成，冬季以不低于10℃为佳，夏季不要高于30℃，并注意通风，可有效防止茎节萎缩。喜充足的散射光，忌夏日和秋日强光，易灼伤茎节，冬季及其他季节的早晚可见全光照。对肥料要求不高，在生长期每月施1000倍的20-20-20通用肥1~2次，现蕾后增加磷、钾肥的用量，开花后逐渐进入休眠期，应停止施肥并控制浇水，保持土壤稍干燥，过湿易烂根。因蟹爪兰和仙人指生长量较大，植株较重，嫁接在量天尺及仙人掌上的植株需搭架，以支撑植株的重量，否则极易折断，影响株型美观。

蟹爪兰和仙人指栽培容易，开花繁茂又适值春节，极适合室内装饰，可用于窗台、阳台、客厅、书房等摆放观赏。

接穗仙人指　　切削接穗　　砧木量天尺

纵切砧木　　　　嫁接

下面以仙人指为例说明嫁接步骤。

①砧木选择生长健壮的带顶芽的量天尺枝条，接穗选择2~3节生长良好的仙人指。

②将量天尺顶部平切，并在顶端髓部纵切1~2厘米，同时在3个棱侧面向下斜切；用利刀将接穗下部削成"V"字形，呈鸭嘴形，露出维管束。

③将接穗小心插入接口中，并用牙签固定。

④置于荫蔽处养护，经2~3周，如接穗长出新的叶状茎，即证明已成活。

仙人指

	蟹爪兰	仙人指
花期	冬、春季	冬、春季
光照	半日照至全日照	半日照至全日照
生长适温	20~28℃	20~28℃
水分	喜湿润	喜湿润
肥料	一般	一般
土壤	喜沙质壤土	喜沙质壤土

2. 虎尾兰、棒叶虎尾兰、石笔虎尾兰

它们均为百合科虎尾兰属。虎尾兰又名虎皮兰，多年生肉质草本，叶剑形，革质，具灰绿色条纹；总状花序，淡绿色或白色；栽培种较多，常见的有白肋虎尾兰、金边虎尾兰、短叶虎尾兰等。棒叶虎尾兰又名羊角兰、圆叶虎尾兰，多年生肉质草本，叶圆筒形或稍扁，具暗绿色条纹，花小，紫褐色。石笔虎尾兰为多年生肉质草本，叶圆筒形或稍扁，叶面绿色，小花白色。

虎尾兰类习性强健，栽培容易，是大众所喜爱的观叶花卉之一。繁殖极为简单，常用分株法和扦插法繁殖。分株繁殖在生长季节均可进行，即挖出植物，将根状茎连接处用利刀切开，并涂上草木灰上盆即可，如土壤湿润，不用浇水，待土壤干燥后再浇1次透水。扦插法繁殖可将生长健壮的叶片切成长10厘米的小段，插于泥炭土或素沙土中，注意不要插反，否则不能生根，约20天即可生根。金边种用扦插法繁殖，金边会消失。

栽培基质多用泥炭土或腐叶土加1/3～1/2河沙混合而成。室内栽培置于光线充足的地方，特别是金边种，过阴金边消失或过淡，但在夏季，光照强烈时还需适当遮光，以免灼伤叶片。对水需求不高，土壤稍湿润即可，不可过湿，特别是冬季，过湿极易烂根。气温低于10℃时，应停止浇水。对肥料需求极少，以通用型肥料为主，每月浇施1次1000倍液肥即可。

虎尾兰类盆栽可用于窗台、阳台、

石笔虎尾兰

虎尾兰的花

棒叶虎尾兰

虎尾兰

客厅或案几上摆放观赏，对甲醛等有害气体有较强的吸收能力，特别适合家庭栽培。除盆栽外，也可水培用于装饰案几或餐桌等。水培可用市售的玻璃容器，也可就地取材，如茶杯、小型玻璃鱼缸等。

虎尾兰脱盆

冲根及剪根

水培

水培方法如下：

①将植株脱盆，去掉泥土。

②用水清洗，将泥土全部冲洗干净。

③将过长的土生根剪掉，可以促进新根萌发。水生根观赏性更佳。

④刚水培的虎尾兰，1～2天换水1次，待新根长出后，每周换水1次，为了使植株生长更为健壮，半个月施1次水培植物专用肥料。

	虎尾兰	棒叶虎尾兰	石笔虎尾兰
花期	4～6月	冬季	4～7月
光照	半日照	全日照	半日照
生长适温	20～28℃	20～28℃	18～28℃
水分	喜干燥	喜干燥	喜干燥
肥料	极少	极少	极少
土壤	不择土壤	不择土壤	不择土壤

3. 金琥

金琥为仙人掌科金琥属多年生多浆植物，茎圆球形、绿色、肉质，成年植株球体直径可达1米以上，具21～37条棱，上具刺座，密生金黄色的辐射刺及中刺；顶部密被金黄色绵毛；花着生球茎顶部，花黄色；常见栽培的变种有狂刺金琥、白刺金琥、裸琥、金琥缀化等。金琥为仙人掌科强刺球类的代表种，民间称之为风水球，大球常用于大堂、客厅等摆放，小球可用于书房、窗台或案几上摆放观赏。

金琥繁殖采用播种法、嫁接法及切顶促生仔球法。播种法在生长期均可进行，播后约15天发芽，发芽后1个月幼苗可长至米粒大小；嫁接可用3个月以上的播种苗或切顶长出的小球嫁接在量天尺或草球上均可，球体长大后需落地栽培；切顶法可将金琥球带生长点部分切除，没有了生长点，球体无法长大，营养供给刺座，促生仔球萌发，当小球长至1～2厘米大时可切下嫁接或插于泥炭土等基质中，生根后上盆另栽。

金琥对栽培基质有特殊要求，可用泥炭土、田土、粗河沙、骨粉按4∶2∶3∶1混合配制。因金琥原生地是钙质沙土壤，因此在养护中添加骨粉可增加钙元素，有利于球体生长。金琥一年有2个生长期，即春季和秋季，夏季高温及冬季低温进入休眠状态。喜光，宜给予充足的光照，过阴球体变长，观赏价值变差，并要经常转盆，以保证球体

白刺金琥

白刺金琥缀化

狂刺金琥

金琥的花

金琥切顶

生长匀称。春、秋生长季节，可根据天气情况，每周或10天左右浇水1次，冬季和夏季休眠期停止浇水。生长期可随水浇肥，半个月1次，以复合肥为主。1~2年换盆1次，换盆时去除宿土，并将烂根及枯根剪除，晾干后上盆，换盆后不要浇水，待土壤干燥后再浇1次透水。球体长至20厘米左右时，即可开花。

金琥多栽培成标本球，一盆一球，也可用大球切顶方法促其着生仔球，可培养成群生植株，观赏性更佳。

金琥群生

	金琥
花期	6~10月
光照	全日照
生长适温	20~30℃
水分	喜干燥
肥料	极少
土壤	喜沙质壤土

4. 昙花、火龙果

昙花又名月下美人，为仙人掌科昙花属附生性肉质灌木；老茎圆柱形，木质；分枝多，叶状，披针形至长圆状披针形，刺座生于圆齿缺刻处；花单生于枝侧，漏斗状，白色，具芳香；浆果红色。火龙果又名仙人果，为仙人掌科量天尺属攀援肉质灌木，植株三角柱状，具3个棱，边缘波状或圆齿状；花大，漏斗状，夜间开放；浆果红色。

昙花很少结实，故常采用扦插法繁殖。在生长期剪取20厘米长、1~2年生叶状茎，斜插入泥炭土或腐叶土中，保持基质稍湿润，约经20天即可生根。火龙果可采用嫁接法、扦插法及播

昙花

昙花的果

种法繁殖。嫁接用量天尺做砧木,多采用靠接法,嫁接时应对齐木质部进行绑扎,约1周即可愈合;扦插春至秋季均可,把生长健壮、充分老熟的枝条剪成15~20厘米长的一段,并将下部肉质部分去掉,晾2~3天,插于稍湿润的基质中,约经20天即可生根;播种以秋季为佳,将果肉包于纱布中,去除果肉,即可得到新鲜的种子,播后5~7天发芽。

在花市上,经常可以见到用火龙果、南美苏铁、罗汉松等种子密播于花盆种植,如森林般茂密,观赏性较佳,称为种子森林。

🌸花喜光,但在夏季需遮阴,以防晒伤叶状茎,而火龙果需在全光照下养护。两者均喜疏松、肥沃的壤土,盆栽可用泥炭土、菜园土、粗沙按5∶3∶2混合配制,也可加少量基肥,一般每盆栽1株,大盆可栽培2~3株。生长期保持土壤湿润,忌受干;夏季2~3天浇水1次,并经常向植株喷雾保湿;冬季控水,盆土稍湿润即可;现蕾期忌大水浇灌或过于干旱,防止落蕾。对肥料要求不高,在生长期半个月施1次1000倍通用型复合肥,现蕾后增加磷、钾肥用

火龙果的种子 　　　基质入盆

播种 　　　浇透水

火龙果种子森林

火龙果种子森林做法如下:

①购买一个成熟的火龙果,将果肉挖出,用纱布反复揉搓,将果肉和种子上的黏液清洗干净,然后将种子晾干。

②选择漂亮的小花盆作为栽培用盆,并将营养土装入盆中,但不要过满。

③将种子播于花盆中,不宜过稀,可密播,播后覆一层薄土,并用浸水法浇透水。

④将花盆置于荫蔽处养护,经5~7天发芽。

⑤发芽后逐渐见光,防止徒长,约半个月即可观赏。

量，以利开花，冬季停止施肥。如养护得当，一年可多次开花。

火龙果的花

火龙果

	昙花	火龙果
花期	夏季	6～12月
光照	半日照至全日照	全日照
生长适温	22～30℃	18～28℃
水分	喜湿润，耐旱	喜湿润，耐旱
肥料	较少	一般
土壤	喜沙质壤土	喜沙质壤土

七、常见木本花卉

1. 球兰类

球兰类为萝藦科球兰属多年生灌木或半灌木，附生或平卧，叶肉质或革质；聚伞花序腋间或腋外生，伞状，着花多数，花冠肉质，5裂，开放后扁平或反折，副花冠5裂，呈星状开展；本属约200种，我国有22种、3变种、2变型，主要分布于我国南部；常见栽培的有球兰、心叶球兰及其变种花叶球兰、卷叶球兰、斑叶心叶球兰等。

心叶球兰

球兰繁殖主要采用扦插法，春至秋季可采用半木质化的枝条1~3节作为插穗，扦插15天即可生根。其茎节易长出气生根，因此极易插活。心叶球兰在市场上常见用叶片扦插于花盆出售，如叶片不带茎节，是不会长出新芽的，一般从扦插到出芽需2~3个月。

球兰类栽培宜选择疏松、通透性良好的土壤，多用市售的营养土或用泥炭土、腐叶土加上少量粗沙及珍珠岩混合配制，不可用黏重土壤栽培，另外也可用附生基质如水苔栽培。球兰类喜光照，但在夏日强光下会灼伤叶片，因此需遮阴。基质需保持湿润，在高温高湿季节，如基

心叶球兰

质过湿，茎叶易腐烂；冬季寒冷季节应控制浇水，土壤稍湿润即可；生长期遇干热天气时可向植株喷水保湿。对肥料要求不高，每个月施肥1次即可，可用1000倍的20-20-20通用型肥料，注意控制氮肥用量，否则易徒长，花叶种斑叶还会转绿，观赏价值降低。栽培时，尽量放在通风良好的地方，否则极易受介壳虫、蚜虫的危害。

球兰花形极为奇特，为著名的观花、观叶植物，可盆栽吊挂于阳台、窗台、走廊等装饰观赏，也可植于庭院的小型花架或附石、附树栽培观赏。

花叶球兰

花叶球兰

卷叶球兰

斑叶心叶球兰

	球兰	心叶球兰
花期	4～6月	冬、春季
光照	半日照	半日照
生长适温	18～28℃	18～28℃
水分	喜湿润	喜湿润
肥料	一般	一般
土壤	喜疏松壤土	喜疏松壤土

2. 瓜栗、巴西铁

瓜栗又名发财树，为木棉科瓜栗属小乔木；小叶长圆形至倒卵状长圆形，渐尖；基部楔形，全缘；花单生枝顶叶腋，花瓣淡黄绿色，雄蕊管分裂为多数雄蕊束，每束再分裂为多枚细长的花丝；蒴果近梨形。巴西铁又名香龙血树，为百合科龙血树属常绿小乔木；叶宽线形，先端尖，绿色，聚生茎顶；穗状花序，黄绿色，常见栽培的品种有金心巴西铁。两者均为著名的室内观叶植物，可用于客厅、卧室一角等栽培观赏，小盆栽还可用于案几、书桌等装饰观赏。

瓜栗繁殖可用播种法和扦插法。播种法是在种子成熟后随采随播，种子较大可用点播法，播后覆土，保持基质湿润，播后约7天发芽。扦插极易生根，插后约30天生根，但基部会膨大，观赏价值降低，故扦插法较少采用。巴西铁采用扦插法繁殖，在生长期均可进行，易生根。可采取带茎顶的枝条作插穗，将部分叶片去掉，以防消耗水分，20～30天可生根。老干也可用作插穗，插后2～3个月生根。

两者栽培基质可用泥炭土、田土、粗沙按4∶4∶2混合配制，也可用塘泥

瓜栗的种子

瓜栗

瓜栗的花

直接栽培。喜光，也耐阴，但在室内长期过阴的情况下，枝条极易徒长，观赏价值降低，应定期把植株置于室外光线充足的地方养护一段时间再放回室内，切忌从室内直接置于强光下，以免灼伤叶片。基质要保持湿润，特别是夏秋高温季节，要经常向植株喷水保湿，冬季控制浇水，土壤以稍干燥为佳，否则低温高湿根系易腐烂或感染病害。对肥料需求不高，生长期每个月施肥1次，腐熟的有机肥和速效性肥料均可。速效性肥料以复合型为主，忌偏施氮肥及浓肥，冬季停止施肥。

金心巴西铁

	发财树	巴西铁
花期	5～11月	初春
光照	半日照至全日照	半日照至全日照
生长适温	20～30℃	18～28℃
水分	喜湿润	喜湿润
肥料	一般	一般
土壤	喜疏松壤土	喜疏松壤土

3. 茉莉

茉莉又名抹历，为木犀科素馨属常绿灌木或藤本，株高0.5～2米；单叶对生，全缘，椭圆形；聚伞花序顶生或腋生，花萼杯形，裂片线形，花冠白色，单瓣或重瓣，芳香；浆果。

茉莉

茉莉花花朵洁白素雅，具芳香，从春至秋开花不断，深为大众所喜爱，常盆栽用于窗台、阳台、天台或客厅等装饰观赏。茉莉为著名的香花植物，常用于薰茶，也可用干花泡水作茶饮。

茉莉极少结实，一般家庭采用扦插法和分株法繁殖。插穗可用修剪下的枝条，选择健壮的、无病害的枝条，每段2~3个节，长度8~10厘米，蘸上生根粉，插于泥炭土等基质中，插后保持土壤湿润，约1个月生根。分株应选择二年生以上的大株，常丛生，可结合换盆进行。脱盆后，小心从根状茎相连处切断，并涂上草木灰，分下的植株另行上盆即可。

花谚说："茉莉不修剪，枝弱花少很明显，修枝要狠，开花才稳。"因此修剪对茉莉来说非常重要，一般生长5年左右植株开始衰老，这时需重剪更新，以促发新枝。

除重剪更新外，在生长过程中，宜随时剪掉弱枝和枯枝，以利通风，花后的枝条留3~5节，然后剪除，另外夏季长出的徒长枝也应及时短剪。

盆栽茉莉要选择土质疏松、肥沃的壤土，可用泥炭土、菜园土、河沙、基肥按4:4:1:1的比例配制。南方可用塘泥直接栽培。一年中可多次抽梢开花，因此需肥量较大。春季开始，每周或每10天施1次1200倍20-20-20的通用型肥料，忌偏施氮肥，以免营养生长过于旺盛导致不

待修剪的茉莉植株

短截　　　　　　剪掉枯枝、过密枝及徒长枝

修剪方法如下：

①将多年生已衰老的植株进行修剪，可根据情况重度修剪或是中度修剪。

②将植株枝条短截，重度修剪基部保留10~15厘米，中度修剪保留15~30厘米，可促发新枝。

③将细弱枝、徒长枝及枯枝剪掉，对一些过密枝进行疏剪，以利通风。

④侧枝萌发后，可再次短截促发新梢，以达到株型完美的目的。

开花；当植株孕蕾后，每月增施1~2次1000倍15-20-25的开花肥，以满足开花需要；在北方入冬前，可施几次磷、钾肥，以提高越冬的抗寒能力。茉莉喜光，家庭栽培应摆放在阳光充足的阳台、窗台等处，过于阴暗，枝叶会徒长且开花减少。在夏季高温季节，可每天浇水1次；在空气过于干燥时，可用喷雾器向植株喷水，保持空气湿润；入冬后减少浇水，土壤稍湿润即可。

茉莉2年换盆1次，时间以春季抽梢前为佳。脱盆后去掉宿土，并对过长根及枯根进行修剪，上盆时，盆底多垫瓦块，以防积水，并在盆底加少量有机肥，上盆后浇透水保湿。

茉莉干花

	茉莉
花期	6~10月
光照	全日照
生长适温	20 - 28℃
水分	喜湿润
肥料	喜肥
土壤	喜疏松壤土

4. 现代月季、玫瑰

现代月季又名月季，为蔷薇科蔷薇属常绿或半常绿灌木；奇数羽状复叶，小叶3~5枚，卵状椭圆形；花常数朵簇生，芳香，单瓣或重瓣，花色丰富，有红、黄、白、粉及复色等；栽培种极多，有著名的杂交种，如和平、光谱、红双喜等。玫瑰又名徘徊花，为蔷薇科蔷薇属落叶灌木；奇数羽状复叶，小叶5~9枚，椭圆形至倒卵状椭圆形；花单生或3~6朵集生，多为紫红色，芳香；主要栽培种有紫玫瑰、红玫瑰、白玫瑰、顶红等。

现代月季和玫瑰的繁殖常用扦插法，优良品种也可用嫁接法。扦插多于春、秋两季进行，家庭扦插可利用花盆，基质选用加粗沙的泥炭土或直接用粗河沙，插穗选择健壮、无病害的枝条，每段8~15厘米长，插条最好带芽，

现代月季

现代月季

现代月季

现代月季

成活率高。为提高生根率，可蘸生根粉后扦插，插条入土长度为1/3～1/2，插后浇透水保湿，可见全光，但阳光强烈时应遮阴，一般1个月左右即可生根。

现代月季盆栽需疏松、肥沃的基质，南方多用塘泥栽培，北方可用菜园土、腐叶土加少量河沙及基肥混合配制成营养土。月季喜光，宜放在阳光充足的地方，如庭院、阳台、窗台等处种植，光照不足开花减少。浇水掌握"间干间湿"的原则，一般表面2～3厘米深的土壤干后即浇1次透水，夏季及南方的秋季天气炎热，可每天浇水1次，冬季休眠期控水，稍湿润即可。现代月季喜肥，生长期每10天施1次1000～1200倍的复合肥，秋季增加磷钾肥的施用量或施1～2次腐熟的饼肥水，可增加植株的抗寒性。

修剪对现代月季来说非常重要，要

现代月季中度修剪

现代月季重度修剪

经常对徒长枝、病枝及枯枝进行修剪整形。一般分为高剪、中剪、重剪3种，高剪是把茎剪剩75～120厘米长，中剪是把茎剪剩30～45厘米长，低剪是把茎剪剩15～30厘米长。修剪可根据不同的品种适当调整，高剪和中剪适合生长旺盛的植株，如开花后修剪，促生壮枝；对一些生长多年、植株老化的品种，可重剪

更新复壮。

玫瑰习性较月季强健，耐寒但不耐热，故多在北方栽培。因玫瑰花生于枝条顶端，因此修剪时适合疏剪，尽量不要短截，以免影响开花。在8月花谢后应剪除残花。

两者均易受白粉病、锈病及红蜘蛛危害，应注意防治。

玫瑰

	现代月季	玫瑰
花期	全年	5～8月
光照	全日照	全日照
生长适温	15～28℃	15～24℃
水分	喜湿润	喜湿润
肥料	喜肥	一般
土壤	喜疏松壤土	喜疏松壤土

5. 山茶、茶梅

山茶又名海石榴、耐冬，为山茶科山茶属灌木或小乔木；叶革质，椭圆形，先端钝急尖，基部楔形或阔楔形；花1～2朵生于小枝近顶端，红色、白色、粉色及复色等，栽培种繁多。茶梅为山茶科山茶属常绿灌木，叶互生，椭圆或长椭圆形，叶缘具细锯齿；花顶生，有桃红色、粉红色、白色等，有单瓣和重瓣之分。

山茶和茶梅家庭多用扦插法繁殖，可于春、秋季或梅雨季节进行，插条选择健壮、芽体饱满的当年生半木质化枝

山茶

山茶

山茶

山茶

茶梅

茶梅

条，剪成8～10厘米长的一段，基部最好带芽，可提高扦插的成活率。插后遮阴，20～30天可生根，第二年上盆。

山茶和茶梅盆栽营养土可用4份腐叶土或泥炭土、3份菜园土、2份河沙及1份腐熟有机肥混合配制而成，在南方可用塘泥栽培。两者均不喜强光，过强易灼伤叶片，生长不良，养护时应放在半阴的地方为佳。对水要求较高，过干过湿均不利于植株生长，以半湿半干为佳。因此浇水时，土壤表面至以下2～3厘米变干时应浇1次透水。另外，室外盆栽时，雨季要注意排水，以防过湿引起根腐。冬季控水，稍湿润即可。对肥料要求较少，有机肥和速效性肥料均可，春季开始生长至开花时需肥量较少，追施2次1000倍15-20-25的开花肥；花后生长逐渐加快，每月施2～3次1000倍的20-20-20的通用型肥料；立秋以后，天气

转凉，追施1～2次含磷、钾的复合肥，增加植株抗性，有利越冬；进入冬季后停止施肥。

山茶和茶梅每1～2年换盆1次，保留一部分宿土，短剪过长的须根。上盆时，盆底垫上瓦片，并添加少量石块，以利排水。上盆后将土压实，浇透水，置于荫蔽处养护。

	山茶	茶梅
花期	2～3月	秋、冬季
光照	半日照	半日照
生长适温	15～25℃	16～26℃
水分	喜湿润	喜湿润
肥料	喜肥	喜肥
土壤	喜疏松壤土	喜疏松壤土

6. 一品红

一品红又名圣诞花，为大戟科大戟属直立灌木，株高1~3米；单叶互生，叶片卵状椭圆形至宽披针形，全缘或具波状齿；杯状花序顶生，苞片有红、黄、白及复色，花小，无花被；常见的栽培种有金奖、自由、威望、天鹅绒等。

一品红繁殖采用嫩枝扦插法，春季至夏季均可进行，扦插过晚，植株没有长大时苞片就开始转色，观赏价值大大降低。

一品红喜疏松、肥沃的土壤，可用粗泥炭土加少量珍珠岩混合配制，也可用腐叶土、菜园土加少量河沙及基肥配制成营养土。小苗上盆时，不要直接栽于大盆，要先栽植于口径13厘米的花盆中，上盆后浇透水，上盆2~3周摘心1次，以促发侧枝。小苗上盆后约1个月转至口径20厘米的花盆中，当摘心的侧芽长出2~3厘米长时，可再次摘心，促发更多侧枝。

一品红喜肥，每周可浇1次稀释1200倍的20-10-20的生长型肥料，至9月底，进入短日照，这时苞片慢慢开始转色，转施稀释1200倍的15-20-25的开花肥，开花后，可每2周施肥1次。一品红喜湿润，不耐旱，但一般不用特地浇水，多结合施肥进行。

一品红喜光，光照过弱，枝条徒长，株型变差，但夏季光照强烈时也需适当遮光，以防灼伤。一品红为典型的短日照植物，开花受光照长短的影响，长日照下进行营养生长，短日照下进行生殖生长，因此可通过光照的长短调节

一品红扦插基质　　插条

扦插后生根苗

生根后上盆

扦插方法如下：

①基质选择细泥炭土加少量珍珠岩配制。

②插条选择带顶芽部分，每段长5~8厘米。

③插条切取后，蘸上生根粉，插入基质中，然后浇透水，放在荫蔽的地方养护。

④注意喷水保湿，否则蒸发量过大，水分不足易导致植株萎蔫。12天后即可生根，再过10~15天即可上盆。

花期，即对植株遮光可提早开花、开灯补光可延迟开花。一般家庭栽培不用调节，自然开花即可。

一品红为著名的年宵花之一，适合客厅、卧室、阳台等处摆放观赏，也适合用于布置庭院的路边、廊架边及墙边。

	一品红
花期	冬季
光照	全日照
生长适温	20～28℃
水分	喜湿润
肥料	喜肥
土壤	喜疏松壤土

一品红

7. 苏铁

苏铁又名凤尾蕉、铁树，为苏铁科苏铁属常绿乔木；叶丛生于茎顶，羽状复叶，大型，小叶线形，初生时内卷，后向上斜展，边缘向下反卷，厚革质，先端锐尖；花顶生，雌雄异株，雄球花圆柱形、黄色、密被黄褐色绒毛，雌球花扁球形、上部羽状分裂。常见栽培的同科植物有南美苏铁，常用于小盆栽，观赏价值较高。

苏铁常用播种法和分蘖法繁殖。播种繁殖多于春季进行。苏铁种子外壳较硬，播种前应把外皮剥开，露出种仁，播于泥炭土和河沙混合的营养土中，播后覆2～3厘米厚的营养土，浇透水，放在温暖的地方，约40天发芽。分蘖法较为简单，在成株苏铁的下部茎干上会长出数个蘖芽，需挑选木质化程度较高的，过嫩的不宜采用，用利刀切下后晾2天，让伤口愈合，带根的直接上盆，没有生根的栽于河沙中催根，并定期清理伤口流出的黏液，2～3个月即可生根。

苏铁栽培基质以疏松、透气性良

南美苏铁

好者为佳，可用腐叶土（泥炭土）、菜园土、河沙、基肥按4：3：2：1比例混合配制。喜光，需在全日照下养护，室内栽培应放在阳台、窗台处，如置于室内案几栽培，过段时间应搬到光照充足的地方，恢复树势。对肥料要求不高，每月施1~2次通用型肥料即可，冬季停止施肥。苏铁喜微酸性土壤，每年可浇施2~3次矾肥水。喜湿润，忌积水，夏季、秋季等干热季节2~3天浇1次透水，并向植株喷水保湿。每年需对叶片进行修剪，一般当下部叶片出现黄化时，即可将下面一圈的老叶剪除，使茎干整齐美观。

苏铁一般2~3年换盆1次，春季进行，脱盆后将原土去掉，将部分生长不旺的老根及枯根剪掉，可促发新根。

	苏铁
花期	7~8月
光照	全日照
生长适温	20~30℃
水分	喜湿润
肥料	一般
土壤	喜沙质壤土

苏铁

苏铁种子

苏铁雌球花

苏铁雄球花

8. 叶子花

叶子花又名簕杜鹃、毛宝巾、九重葛、三角梅，为紫茉莉科宝巾属常绿攀援灌木；单叶互生，卵形或卵状椭圆形，先端渐尖，基部圆形至广楔形；花顶生，常3朵簇生；苞片椭圆状卵形，基部圆形至心形，苞片色泽丰富，有红、橙、黄、白、紫及复色等。

叶子花用扦插法繁殖，在生长期均可进行。

剪取插穗　　　　插入基质中

扦插方法如下：

①选取生长饱满、健壮的枝条，剪取15厘米左右长，每段至少两节。

②插入河沙中或泥炭土中，至少有一个芽露出土面。

③浇透水保湿，放在荫蔽的地方，约经20天即可生根。

叶子花对土壤要求不严，如盆栽以疏松、肥沃的壤土为佳，可用腐叶土或泥炭土、田园土、少量基肥及河沙混合配制。喜光，栽培必须放在阳光充足的地方，如过于荫蔽，枝叶易徒长，开花减少或不开花。枝叶过密，应适当疏剪，以防通风不良导致落叶。对肥料需求较少，一般半个月施1次1000倍的复合肥，但在开花旺盛时期，消耗的养分比较多，可适当多补充肥料，忌偏施氮

叶子花

叶子花

叶子花

肥，否则会导致营养生长过旺，使枝叶茂盛，开花减少。叶子花浇水总体掌握"间干间湿"的原则，在苗期和营养生长期，土壤以湿润为佳，进入开花期则应控制水分，过湿开花减少。一般土壤越干燥，开花越旺，即使干旱到叶子软垂，对植株生长也不会有太大影响，但控水期间最好停肥，以免造成烧根现象。叶子花生长快，要经常修剪整形，剪掉或短截过密枝、徒长枝。花后及时剪除残花，以减少养分消耗。

叶子花生长量较大，每年应换盆1次，保留少量宿土，短剪过长的根系，将枯根和病根剪除，如根系过多，可适当疏剪，以促发新根。

	叶子花
花期	几乎全年
光照	全日照
生长适温	20～30℃
水分	喜湿润
肥料	较少
土壤	不择土壤